L2122 BJD

D0864985

UNE BELLE JOURNÉE D'AVANCE

La Belle Épouvante, roman, Éditions Quinze, 1980 ; Éditions Julliard, 1981. Prix Robert-Cliche.

Le Dernier Été des Indiens, roman, Éditions du Seuil, 1982. Prix Jean-Macé.

Le Fou du père, roman, Éditions du Boréal, 1988. Prix de la Ville de Montréal.

Le Diable en personne, roman, Éditions du Seuil, 1989.

Baie de feu, poésie, Éditions des Forges, 1991.

L'Ogre de Grand Remous, roman, Éditions du Seuil, 1992.

Sept lacs plus au nord, roman, Éditions du Seuil, 1993.

Le Petit Aigle à tête blanche, roman, Éditions du Seuil, 1994. Prix du Gouverneur général, 1994 ; prix France-Québec, 1995.

Où vont les sizerins flammés en été ?, histoires, Éditions du Boréal, 1996.

Le Monde sur le flanc de la truite, Éditions du Boréal, 1997.

Robert Lalonde

UNE BELLE JOURNÉE D'AVANCE

Seuil

Les Éditions du Boréal remercient le Conseil des Arts du Canada
et la SODEC pour leur soutien financier.

Illustration de la couverture : Nils-Udo, *Waternest* (branches, saule et herbe). Œuvre
réalisée en 1995, à Box (Grande-Bretagne), pour le CD-ROM *Eve* de Peter Gabriel.
Reproduite avec l'autorisation de la Deleon White Gallery, Toronto (Ontario).

Diffusion au Canada : Dimedia

Données de catalogage avant publication (Canada)

Lalonde, Robert

    Une belle journée d'avance

    (Boréal compact ; 87)
    Éd. originale : Paris : Seuil c1986.
    ISBN 2-89052-878-2

    I. Titre.

PS8573.A383B45	1998	C843'.54	C97-941548-9
PS9573.A383B45	1998		
PQ3919.2.L34B45	1998		

Pour ma fille, Stéphanie,
en souvenir d'un bel orage au petit lac.

*« Quand les mystères sont très malins,
ils se cachent dans la lumière. L'ombre
n'est qu'un attrape-nigaud. »*

Jean Giono

*« I know this orbit of mine cannot be
swept by a carpenter's compass. »*

Walt Whitman

Je ne suis pas encore né. Pas même dans l'œuf encore. Pas encore ce petit têtard grouillant. Pas encore des vôtres. Cependant, c'est pour très bientôt. Je fais, comme on dira chez nous, « Pâques avant les Rameaux ». Je célèbre tout de suite, hanté par elle, au fond de mes limbes, la vie qui vient. Comme si je cherchais un monde où glisser ma joie, mon obsession de la beauté qu'on peut toucher, étreindre, mon effroi du vide. Je sais où j'aboutirai, comme une fleur au bout de sa tige. C'est prévu, comme le printemps après l'hiver, c'est décidé. Mais en attendant, que de mystères, que de rumeurs!

Imagine un souffle qui cherche une bouche, une étincelle qui court dans le champ, un petit espoir très féroce : c'est moi!

L'aube

Tu me dis : « Reste encore, mon amour. » Alors je te redonne mon grand poids doux, je m'abandonne sur tes seins, sur ton ventre mouillé de nos sueurs, je souffle fort comme la vague contre ton oreille. Dehors, une grosse pluie d'été achève de laver le monde et il était temps : on étouffait, le ciel était noir depuis trois jours et pesait sur nous comme un sortilège. Le livre n'avançait plus, les pages se renfrognaient, l'encre pâlissait à faire peur. Maintenant, par la fenêtre ouverte, on entend le bruit frais de l'orage et ça sent l'herbe neuve, la pivoine et le sable propre. Tu me dis : « Tu crois qu'il est commencé? » Je fais : je ne sais pas, avec ma main sur ton dos, mes doigts qui grimpent et dévalent le creux entre tes omoplates. Je me soulève sur les coudes, je te regarde, tes yeux disent : « S'il n'est pas déjà en moi, il est tout proche, là, au fin bord de la vie, il veut plonger, je le sais, il viendra. »

Ils piquent à travers la brume. Ils ne sont encore que cette trace vibrante qui enfle et qui s'amincit, qui enfle encore du sud au nord, au-dessus du grand lac. Jusqu'à la baie des trois pins, on voit leur noce oscillante dans le ciel du monde. Ils sont cette rumeur qui chante, cette galaxie mouvante, ce beau signe d'été. Après tant de pays traversés aveuglément, après tant de ciel étranger, ils entrent enfin dans notre ciel à nous, les morillons. Celui qui mène la volée, le « cageux », comme m'apprendra Maurice, mon père, déchire déjà le voile de brume au-dessus du quai. Le voilà qui plonge, vertigineux, épuisé mais si sûr de sa chute épouvantable! Il a reconnu la touffe de joncs en face de la grande maison blanche, ceux avec le bon petit goût amer de l'été dernier. Ensemble, les autres descendent, le suivent. Ils sont comme une constellation qui glisserait, étoile par étoile, dans le lac. Leurs ailes s'entremêlent à celles des mauves criardes qui viennent sentir, savoir des nouvelles du grand Sud. Ça jacasse dans l'anse comme un carnaval. Ils sont arrivés!

Ils ont d'abord aperçu la grande pointe, la queue de dragon avec ses sapins qui déchiquettent l'horizon, sa grande baie de tout repos. Déjà, leur vol ralentissait, plein d'espoir. Et puis, ils ont vu venir l'anse des Indiens, ses cabanes délabrées, ses rangées de pins tranquilles, pleins de soleil déjà. Ensuite, la grande rue, la seule – on la nomme quand même « principale », ça fait plus sérieux – bordée de peupliers encore secs. Enfin, le clocher de l'église, rutilant dans le matin tout jeune. Le village. Immobile, pareil à ce qu'il était l'automne dernier et le printemps d'avant. Au bout du village, s'ils avaient été voir, c'est encore le lac. Nous sommes une presqu'île. Presque une île. Le village flotte quasiment sur le grand

16

lac bleu. Nous sommes isolés, au bout du monde, immobiles. On revient un peu, trois bons coups d'ailes et tout de suite c'est l'église, trois fois incendiée par les sauvages, trois fois reconstruite. On a besoin du bon Dieu, nous autres. D'un sanctuaire, des trois messes basses, de protection. Derrière, c'est la montagne. Une montagne sans cérémonie, houleuse de feuilles neuves. La face de braise du soleil en émerge à peine, justement, tout de suite éclaboussante. En face de la grande maison blanche, bientôt la mienne, les morillons se reposent. Ils sont encore tout frissonnants de Mexique et de Virginie.

Et voilà. Les choses et les gens vont se mettre à bouger, avec leurs ombres fidèles, rien de très extraordinaire. Seulement...

Mais qui est debout, déjà levé?

Dans une chaloupe amarrée à deux piquets plantés dans la vase, Jacob et Germain pêchent. Ils ont pris déjà douze petites perchaudes et un doré gringalet. Avant, le doré, on le remettait à l'eau pour qu'il profite encore. Mais depuis le temps qu'on n'en a pas sorti un de l'entre-deux-eaux, pas question de le rejeter celui-là! Frétillant, belle preuve scintillante, ce soir, sur le quai : quelle aubaine! On se demandait où il était passé, le doré. Parti frayer dans quelles eaux? Parti fouiner vers quelles îles? Perdu dans quels hauts-fonds? Séduit par le beau chenal de quelle rivière? J'ai bien envie de mettre le doré gringalet au diapason de ma passion de source et d'enfance à moi. Ma passion de ce jour-ci qui commence, sa passion de ruisseaux : passions de naissances. Nous sommes trop curieux, le petit doré et moi.

Donc, ils pêchent tranquillement, Jacob et Germain,

les deux cousins. Après cette journée qui vient, on ne les appellera plus autrement que « les deux innocents ». Et il y aura de quoi, ça c'est sûr.

Elles trottinent. Leurs jupes raides et leurs chapelets sonnants. Les trois petites sœurs du couvent des sœurs s'en vont entendre la messe. Même le purgatoire est un enfer. Faut y songer à tout prix, y songer! Elles saluent Louis, le barbier, qui balaie son perron.

– Bon matin, Louis!

Laquelle a parlé? Impossible de le deviner. La voix était prise dans leurs voiles au vent. Le repos d'une âme en danger dépend d'elles. Vite! Vite!

Louis balaie. Il se prépare. Son salon de barbier, c'est le parloir municipal. Dire et dédire, se tromper et mêler les noms et les histoires, et puis les démêler deux semaines plus tard, quand les cheveux ont à nouveau poussé et qu'ils vous chatouillent la nuque.

En levant la tête pour tenter d'apercevoir l'allure du monde qui a commencé de s'allumer, Louis voit les canards qui achèvent de descendre du ciel.

– Ils sont arrivés!

N'en disant pas plus, il n'en pense pas moins. Mais il se prépare. Il parlera plus tard. Quand on l'écoutera.

Malvina, ma tante, a enfin mis le nez dehors. Elle est assise, les bras croisés, sur une marche de la véranda. Elle frissonne. La grande maison blanche est vide. Sam est parti. Il avait repris la bouteille, sa fidèle à lui. Sa sirène à lui, son poison. Malvina vient de connaître trois jours et trois nuits d'un engourdissement ruineux. La lettre est déjà dans la boîte, au bout du petit chemin. Depuis deux jours, la lettre attend. Apre matin, petit matin blême. Malvina ne songe pas à la boîte aux lettres. Elle pense : « Guérirai-je, oui ou non ? Guérit-on de ça ? »

Un seul marronnier au village. On le nomme l'« arbre à noix d'étoile ». Un nom comme un autre, excepté qu'il chante comme tous les noms qu'on invente quand on vit loin des dictionnaires. Couché sous l'arbre à noix d'étoile, le chien du garagiste se lèche la patte. Il s'est encore blessé. Errant, bâtard, abandonné. Il y a de cela une dizaine de lunes, le garagiste a entassé toutes ses vieilles affaires dans une charrette et il est parti. Le chien a voulu le suivre, mais le garagiste l'a frappé et s'est enfui en fouettant son cheval à toute volée. Le chien a couru jusqu'au pied de la grande côte mais il n'est pas monté. Il s'est assis là, dévasté, fou. Déçu. A quoi bon suivre une charrette qui ne vous emportera nulle part ? Il lèche méticuleusement sa patte écorchée, sous le marronnier. Il se déchire toujours quelque chose, une patte, une oreille ou le bout du museau. Chien fou, comme on dira. Pour lui aussi, la journée qui vient sera pleine de surprises essoufflantes.

Sur la plus haute branche de l'arbre à noix d'étoile, un moineau s'égosille. A-t-il faim? Est-il content? Comment savoir? Mais comme il y va!

Et le jour est complètement levé.

Pelotonné dans le fond du monde, vivant, avant la vie, avant le berceau et la lumière, avant la maison blanche et le lac, avant le village, je suis là. Je te dirai à mesure les éclairs qui me secoueront, comme des avant-goûts. Ni voyance, ni prémonitions, ni même visions. J'arrive. Patience! même si c'est difficile. La vie appelle, elle appelle toujours. Il faut naître. Il faut venir au monde. Je te dirai comme c'est beau de savoir, dans le sang de l'innommable, la vie qui se fait. Je te dirai à mesure. Patience.

Le jour est levé au village. Premier jour d'été. Premier jour du monde. Patience, mon amour!

L'avant-midi

Le chien du garagiste fait des détours. Le matin est encore frais. Malvina qui le voit passer, son nez en l'air, sa queue remuante, pense : « Je ne l'aime pas ce chien vilain ni aucun autre chien, ils sont sales, leurs grosses pattes... » Et elle ne pense pas plus loin sur les chiens, ni celui-ci ni un autre. Son cœur, sans cesse, hélas, revient sur la même peine amère : « Sam! Il a repris la route, saoul la dernière fois qu'il est venu dans son trop grand costume du dimanche pour me dire : " J'm'en vas Vina pis le diable sait quand tu me reverras, ma belle! " D'abord belle, non. Pas moi. Je ne le suis pas. Tout juste vivante et plutôt fade comme ils disent à l'auberge du coin, ceux qui boivent avec lui, les hommes. »

Le chien s'est arrêté. Il renifle l'herbe, il cherche, cherche il ne sait quoi. Son museau le tire en avant, il est excité. L'inconnu l'énerve ce matin. La rosée donne une saveur enjôlante à tout ce qui luit dans l'herbe.

— N'approche pas toi! Ou je te cogne avec mon soulier!

Malvina a retiré sa chaussure qu'elle brandit, le talon levé haut, bien effrayant. Mais le chien passe sans même voir le talon armé de Malvina, sa détresse de vieille fille qui menace.

« Sam! » crie-t-elle malgré elle, au-dedans d'elle-même, quelque part où pas le moindre écho ne répète le nom si cher, si haï d'amour et c'est triste, triste ce nom qui s'en va tout seul, dans le néant de sa poitrine où rien ne résonne que le sang qui bat, qui bat quand même et qui est trop nombreux, trop brouillé, comme une rivière après la débâcle.

Elle s'assoit, Malvina, dans la grosse chaise à dossier très haut. Elle souffle un bon coup, histoire de donner au sang sa nourriture, son quota d'air pour qu'il continue de courir en elle, le sang, pour qu'il ne l'étouffe pas, pour qu'il ne s'endigue pas et ne devienne jamais océan, mer à boire, jamais au grand jamais!

Le chien, lui, a gagné le bord de l'eau où les grenouilles l'attendaient pour jouer, pour le mettre dans tous ses états de chien fou.

« Ce sont ses baisers. C'était sa bouche, son goût à lui, son odeur faite de sa sueur et de son eau de Cologne un peu poivrée. C'est ça le plus difficile. Son corps qui s'abandonnait d'un coup sur le mien, qui lâchait sa force. Sam!... »

Malvina passe sa grande main blanche sur le bois rugueux de la chaise. « C'est ça le plus dur : son corps doux et fort et maintenant absent. » Alors elle se lève et va vers la boîte aux lettres, au bout du chemin, vaille que vaille.

Jacob plonge la rame et, tout de suite, son coude vibre de la vibration qu'il ne faut pas.

– On touche le fond. On va s'échouer!

Germain dit :

– Ben non! Ça creuse tout de suite après.

Et Jacob, tout de suite en effet, perd quasiment la rame au bout de son bras qui a piqué. Et Germain sourit.

– Je connais le lac comme le fond de ma poche!

Et Jacob dit :

– Oui.

Et pas plus. Puis il attend. Il attend le signe de tête de Germain, quand Germain saura où jeter l'ancre. Les nénuphars, quand on leur passe dessus, se plaignent un peu. Un bruit frissonnant, comme une chair tendre qu'on froisse, et alors on a la sensation très déplaisante de faire mal sans pouvoir faire autrement. « Déranger la nature, il y en a que ça fatigue pas, pense Jacob. Certains pêchent même à la dynamite, la nuit, et les moteurs qui perdent leur huile comme si c'était naturel!... Mais moi, ça me chatouille le cœur, ça me dérange de déranger le lac. Et je ne dis rien. Ça ferait sans-dessein. Ça ferait délicat. Mais ça me blesse d'écraser les beaux nénuphars, de déranger la nature, de vivre ma vie en bousculant les êtres et les choses qui étaient là bien avant moi et qui ont gagné leur place, parce que... »

– L'ancre!

Jacob avait oublié de guetter le signe. Évidemment.

– Dans la lune! Jacob, t'es toujours dans la lune!
– Dans la lune, il y en a des nénuphars?

A la porte de chez Louis, le barbier. La colonne de verre, qu'on appelle le « bâton fort » et dont la spirale rouge monte, tourne et disparaît sans jamais disparaître, fascine Alcide qui tire sur sa pipe, une main sur sa bedaine bien ronde, dodue, toute douce.

– Ça vient d'où, pis ça sert à quoi au juste, Louis, c'te patente-là?

Et Louis, en jaquette bleue semi-longue, son sourire fin sous sa moustache fine, répond :

– Pour te dire, Alcide!...

Autrement dit, il y a comme ça, des fois, dans le monde et au village particulièrement, des choses venues d'ailleurs et qui ne s'expliquent pas, qui font hausser les épaules en signe de tranquille ignorance. Des choses venues des vieux pays ou du géant du sud et qui sont là parce que. Des mystères importés, dont le sens et la façon sont restés captifs, clairs seulement dans la mémoire de certains aïeux qui n'ont pas daigné enseigner, qui ne savaient peut-être pas eux-mêmes. Parce que, des fois, les choses sont comme ça! secrètes, impénétrables et ainsi elles deviennent matière à paroles en l'air. Comme le bâton fort et sa spirale éternelle de Louis, le barbier.

— Tes vaches sont tirées déjà que t'es de bonne heure de même?

Et Alcide s'assoit sur la chaise, pousse un gros soupir d'homme fort qui en a déjà long de sa journée de fait, lui, parce qu'il faut bien, mon Dieu. On n'est pas barbier philosophe au village, ni plombier qui attend chez lui, les pieds sur un pouf, que les tuyaux crèvent dans quelque maison, ni femme qui n'a rien d'autre à faire qu'un peu de ménage avant midi!

— Ah, Louis! Des fois, c'tes maudites vaches!...

Et s'il n'achève pas, c'est de trois choses l'une. Ou bien c'est la serviette que le barbier lui passe au cou qui lui coupe les mots. Ou bien encore c'est que les vaches, l'étable, le lait et la routine des petits matins, il n'a plus rien à en dire, Alcide. Ou bien, et peut-être surtout, c'est que, pour lui comme pour chacun, ça ne mènerait nulle part que de se plaindre. Toute plainte un peu trop étirée va souvent jusqu'aux mots amers et définitifs, du genre : « J't'enverrais promener tout ça pis j'partirais au soleil, quelque part, finir mes jours avec... » Et on ne sait jamais avec qui ou quoi, finalement. Alors, vaut mieux laisser en l'air le commencement de la plainte et ne pas dire à voix haute les mots qui rendent les silences difficiles, après.

— Coupe, coupe! Gêne-toi pas, ça me chatouille la tête pendant les grosses chaleurs, tous ces maudits poils!...

Et Louis, son peigne dans une main, son ciseau dans l'autre, va couper. Son sourire fin dessous sa moustache fine, dans le grand miroir devant Alcide, est une invitation à parler ou à s'émouvoir, ou encore à se reposer.

La chaloupe valse un peu. Non pas que le courant soit fort, pourtant. C'est Germain, les deux pieds dans l'eau, la canne à pêche sous la cuisse et le dos au soleil qui, à cheval sur la pince, fait basculer la barque. Et Germain pense : « Ah! l'eau, la bonne eau froide d'abord et puis tiède après un p'tit bout de temps! » Et tout de suite après, il pense : « Ah! être avec une femme, fraîche et puis chaude après un p'tit bout de temps! » Et alors, sur son dos, des frissons courent, des courants montent, serrés, en vagues, jusqu'à sa nuque. Frissons inconnaissables parce que innommés et innommables parce que inconnaissables. Et vice versa encore. Frissons qu'il éprouve, qu'il se laisse aller à éprouver, bienheureux et sans cesse surpris. « Un chat, pense Jacob, mon ami est un grand chat que le soleil déplie comme il déplie les feuilles neuves au bout des branches! Regardez-le! Et ça mordrait, là, tout de suite, un gros brochet s'emparerait de son appât, qu'il bondirait, facile, à toute vitesse sur ses genoux, l'œil alerte, la puise toute prête, la main gauche aussi habile que la main droite et pourtant les deux à faire des choses différentes en même temps, et il le sortirait, le brochet, tout frétillant, et il aurait ce sourire qui me froisse et me délivre, son sourire qui me rend vide et un peu triste comme quand on a perdu quelque chose de précieux. »
Mais, pour l'instant, la corde, de tout son lest, stagne

et se laisse aller au fil de la vague. Le méné gigote un peu, frôlant les algues au fond, ou l'ancre, ou le dos d'un crapet repu, indifférent. Et Germain se berce en berçant la chaloupe, le dos au soleil et sa pensée, comme on dit, voyage très précisément quelque part où les chats ont des courbes de peau blanche, des cheveux soyeux et des ondulations très humaines, femelles et magnifiques. Comme en a parfois la rivière.

Le soleil maintenant n'est plus cette boule rouge que le grand Gilles a vue pousser à travers les pins. Au-dessus des arbres qui le déchirent, il est devenu lumière pure, il emplit le ciel, il aveugle si on le regarde trop. Alors on baisse les yeux. La forêt fume jusqu'à son orée où l'ombre fait des cavernes qui n'en ont plus pour longtemps à garder leur mystère noir et moussu. Les fougères retiennent captive la rosée dans le creux de leurs feuilles qui forment entonnoir. Mais au faîte des grands chênes, les larges feuilles, les précoces, ont une soif qui durera, qui devra attendre jusqu'au soir pour être enfin étanchée. Vert qui fonce de minute en minute, vert qui change si vite et qui a besoin de tant de lumière qu'il a toujours soif, et c'est toute sa vie, cette soif et cet éblouissement.

Le grand Gilles, le métis, marche avec précaution pour ne rien mutiler de cette vie neuve qui émerge des feuilles mortes, pourriture de la vieille année. Vie vivace qui traverse ses mues, qui pousse, comme on dit. Il s'en va, le pas attentif, hésitant, son pas de tous les jours maintenant, à la source. Il l'entend murmurer contre le rocher, et pourtant la source est encore loin derrière les sapins. Il y a encore la butte, le trou de fée, et puis elle sera là, fragile, brillante avec son eau irisée jaillissant du rocher. Et il pense, le grand Gilles : « Chaque nouvelle seconde compte, le monde n'est jamais pareil, il faut bien ouvrir les yeux, les narines, tout change si vite! Déjà, le bleu du ciel pâlit, le lac sort de la brume, ça commence à sentir moins fort le sable et plus fort la gomme de sapin. Si je tremble, ce matin, ce n'est pas de vieillesse mais bien plutôt de cette jeunesse éternelle du vieux monde. Et parce que je suis toujours là pour voir et pour savoir. Je ne cherche pas les secrets, moi, comme ceux d'en bas, ceux du village. Ce sont les secrets qui me cherchent et me trouvent. S'il s'écroulait, leur monde d'écoles, d'églises et de mairies, si nous nous retrouvions subitement en face du commencement, qui saurait démêler la piste, faire les pièges, marcher avec les étoiles, suivre le vent, vaincre le froid, vivre? L'air qu'ils avalent sort du tuyau des autres. Celui que j'avale, moi, est pur et à la source. C'est bon d'un côté, mais c'est mauvais de l'autre, étant donné que cette pureté, il faut l'acheter avec sa solitude et son désespoir... »

Une branche a craqué sous son pied. Tout le monde a le droit d'être distrait, même le grand Gilles. Exulter fait parfois perdre le nord. Vite, vite l'écureuil a grimpé. Il est déjà au milieu de l'arbre, bien accroché, et il regarde le grand Gilles l'air de dire : « On ne t'entend pas venir, toi, c'est toujours à la dernière seconde que je me rends compte que tu es là, rôdeur, soupirant derrière moi, proche, trop proche de ma fourrure inquiète. »

La chaleur monte, ou peut-être descend-elle? Dans la maison blanche, le canard siffle. Malvina se lève. Elle se tient un moment immobile dans le jardin. La terre n'est pas défrichée, les bulbes de glaïeuls, de dahlias sont toujours au noir et au froid, au fond de la cave. « Je n'ai pas le cœur aux fleurs », pense-t-elle et ce n'est même pas triste, c'est désert, cette pensée qui lui vient, comme après la vie. Le canard hurle dans la cuisine. Faire le café. Poser un à un les gestes d'une certaine survie. Avec cette absence au cœur de soi qui rend dérisoires les bras, les yeux, les jambes. Cette absence qui prive le corps de sa belle facilité d'avant. Elle monte lentement le grand escalier de la véranda. Elle s'arrête. Elle regarde sa main sur la rampe de l'escalier. Main qui dort et qui doit pourtant faire l'effort de tenir, de brasser, de cuire, de laver, de cueillir, de frotter. Main des jours creux. Main de vague terreur. Main humiliée et qui va vieillir toute seule. Malvina chancelle dans l'escalier. Le canard siffle, hurle, appelle, et quelque chose se déchire au centre de Malvina, se déchire encore un peu plus. « Est-ce l'enveloppe de l'âme, se dit-elle, qui déjà cède à force de chagrin? » Et, tout de suite après, elle se dit : « Je veux, moi, pourtant! Je veux tellement! Qu'est-ce que j'ai, qui suis-je pour tant effrayer, pour ne rien recevoir, jamais, pour donner et donner et que ça s'en aille dans le vide, cet amour de trop? »

Brusquement, avec cette colère sèche qui vient quand le cœur lutte avec la peur et qu'il l'ignore, Malvina entre dans la cuisine, retire le canard du feu, verse l'eau bouillante dans la cafetière. « Une vieille fille, ça reste quand même une fille, une femme et c'est ça qui effraie, peut-être, une femme, rien qu'une femme qui aime et qui va vieillir? » Il est amer, son café. Elle va le boire à la fenêtre. Et pourtant, jamais, de mémoire de vieille fille, il n'a fait plus beau qu'aujourd'hui!

En se retournant, Malvina regarde la lettre sur la table, posée contre le vase à fleurs vide, celui avec le petit chat bleu sur son flanc dodu. (Je le briserai, ce vase, un matin d'entêtement et d'effronterie.) Vina s'assoit devant la lettre, la tête dans ses paumes, elle soupire : « Ils arrivent aujourd'hui, les nouveaux mariés, c'est ben vrai! » C'est affreux ce que ça fait mal, ces trois mots-là : les nouveaux mariés.

Elles sont agenouillées. Elles attendent. Leurs lèvres murmurent et c'est comme si on entendait voler une mouche, une seule, dans l'église. Dans le sanctuaire, la grosse lampe brûle, éternelle, et pourtant, le moindre coup de vent, si la fenêtre venait à s'ouvrir... Mais non. On préserve son éternité à la lampe du sanctuaire. On a besoin de sa petite flamme du Saint-Esprit. Aussi les fenêtres ne s'ouvrent pas. L'église est fraîche et sombre, comme un sous-bois mais avec des senteurs bien différentes, beaucoup moins troublantes pour nos pauvres sens fragiles, nos sens ralentis d'hiver et de matins de carême. Leurs voiles cachent leurs regards. Yeux tournés vers le dedans, yeux qui ne sont pas le miroir de l'âme mais qui regardent l'âme, qui la surveillent. La première petite sœur est tout entière à l'amour divin et c'est presque un sommeil et sa tête penche, penche jusqu'à toucher le prie-Dieu. Mais elle résiste, elle se redresse, cligne des paupières, l'amour divin exige la ferme résolution, il faut rester vivante et souffrir un peu des genoux, c'est bon pour le terrible orgueil. La deuxième est occupée à calmer son estomac qui chante ses cantiques à lui, et il en a bien le droit, le pauvre, mais pas si fort, pas si fort! La troisième, elle, revoit son rêve de la nuit dernière. Un grand cheval au museau tiède et qui l'inquiétait doucement, respirant fort dans son cou. Peut-être le cheval du grand métis, du grand Gilles, ce beau fainéant qui ne vient plus à l'église depuis... depuis... Et puis elle frémit agréablement et s'en veut de ne pas s'en vouloir de ce frémissement-là.

Quand le curé entre enfin, son aube à dentelles frissonnant sur le carrelage ciré comme une robe de mariée, toussotant, suivi de son enfant de chœur engourdi de sommeil, elles se lèvent, toutes les trois ensemble, et c'est alors qu'elles voient bien qu'il est arrivé pour de vrai, l'été, puisqu'elles sont seules à la messe et que pas même le chantre, M. Latour, n'est sorti de son lit, ce matin. Seules? Non. Rachel Bédard est là, dans le dernier banc, droite comme une statue de Pâques. Cette messe, c'est Rachel qui l'a payée pour le salut de l'âme de son défunt, « le pauvre Léopold, qui est encore en purgatoire, sinon en enfer, ce serait pas surprenant, lui qui en aimait une autre du côté de l'anse, une sauvagesse, et qui s'est

pendu dans sa grange, Seigneur Jésus, prions pour lui
et pour elle! »

Je connais une bien singulière passion, au creux de
mon néant. Une passion de volonté et de désir. Un élan
avant le corps, une poussée violente, le goût féroce de
traverser le temps, de franchir la barrière des mondes,
une envie de destin irrésistible. Il ne faut pas croire que
j'attends seulement. Je n'attends pas : je suis rythme, je
suis liquide, je suis fuyant, je suis rapide, je suis en
chemin. Lumineux, fulgurant, nécessaire. Les arbres,
j'en devine déjà la couleur et le goût : pins, érables,
chênes, écorchantes feuilles, suaves coulées de sève,
saisons d'au-delà d'ici, promesses! Je sais vaguement les
éclats et les ombres, les reflets, les mirages, tous ces
beaux pièges à venir. Je perçois déjà les sons, les chants,
les feulements, l'abandon, le plaisir, les pleurs salés, la
peine, le retard des choses et l'impatience, le désir,
encore, comme maintenant. Oh, c'est si vaste, si vague,
si grand! Je ne peux pas dire : c'est ceci et ceci encore,
puisque c'est déjà autre chose et autrement. Tout bouge
si vite! Le monde se déploie, se déplie, file et se refait
en boule, au centre de moi, et repart. Visages, bras,
odeurs des corps, comme vous me manquez! Je suis trop
abstrait, trop brusque, trop emballé.
Imagine une goutte de rosée pleine du désir d'étancher
les soifs multiples des végétaux et qui fuit dans le vent,
qui se perd dans un ciel furieux, qui vole dans la tempête,
qui ne sait pas où elle aboutira, dans quelle corolle,

quelle foliole, et si même elle ne s'évaporera pas
moi, mon amour. Et c'est peut-être déjà l'enfant e   ,
aussi.

Au ciel, un gros nuage, un seul, roule dans le vent,
glisse comme un ballon difforme. Il ressemble à quelque
chose ou à quelqu'un, mais à quoi, ou à qui? Toujours
le nuage change et c'est déroutant, cette grosse forme
blanche connue et inconnue qui file dans le ciel du
village. Ça y est : le nuage s'immobilise, avec son ombre
immense, au-dessus de la grande côte. D'ailleurs, on
entend quelque chose dans l'écho de la côte. Qu'est-ce
que c'est? Ça pétille, on dirait que le chemin s'émiette
ou bien qu'une averse de cailloux le fait crépiter. C'est
le pas du cheval du grand Gilles. La bête et son cavalier
descendent au village. Leur pure nonchalance, dans la
lumière blanche du grand jour, éblouit et trouble. Le
grand métis, sa légende, les dires étranges à son propos
et à propos de son cheval : fiers, trop fiers tous les deux.
Il braconne dans le bois de la commune. Il n'a ni feu ni
lieu, toujours au fin fond de la forêt, caché, ou bien sur
les routes de poussière qui fuient le village, à errer vers
on ne sait où, comme un ancêtre mécréant revenu de
l'ancien monde barbare. Fringant, solitaire, avec un sourire trop dérangeant, des dents brisées mais radieuses,
méconnaissable comme un coureur des bois ressuscité,
une énigme pour chacun.
Ils prennent le chemin François-Xavier, celui qui mène
au lac par le milieu du village. Il va passer tout près de

la maison blanche tout à l'heure. Et le grand Gilles va
cérémonieusement soulever son grand chapeau de feutre
pour vous saluer, qui que vous soyez, vous ou votre
ombre sur la grève, ou encore les grenouilles ou les
nénuphars ou bien encore les sternes qui piquent dans
les vagues comme des épées à la poursuite des ménés
argentés. Il salue, c'est tout. Mais c'est grandiose, c'est
menaçant, peut-être. « C'est qu'il regarde profond et loin,
le grand Gilles. » C'est dit, ça aussi, dans la rumeur qui
l'auréole, et ça blesse un peu l'ordinaire de chacun. Qui
peut, sans broncher, affronter ce regard d'épervier des
savanes?

La silhouette du grand Gilles sur son cheval fanfaron,
lentement, très lentement, disparaît sans s'évanouir tout
à fait dans la lumière du grand jour qui fait comme une
brume, maintenant, autour des choses qu'on dit inani-
mées. Une apparition. La première de l'été. Pauvre M. le
curé : ce n'est pas sa faute mais, chez nous, les apparitions, c'est pas à l'église qu'elles ont lieu.

Louis a tourné le bouton de la vieille radio qui est
dans le coin de ce qu'il appelle son « salon », depuis...
mon Dieu, depuis toujours. Ça grince, ça pétille et puis
une voix jaillit et aussi quelques violons. Cette voix de
femme, voix rêche, voix douloureuse et fière en même
temps, traîne dans la pièce, s'en va contre les murs,
longe les miroirs, traverse, monte, rebondit, revient vers
les deux hommes, puis retourne hanter le grand miroir
où on peut maintenant voir deux visages attendris. Cette

voix, donc, ne fuit pas, ne peut pas leur échapper, reste captive du salon de barbier et de l'attention immobile de Louis et d'Alcide qui ne parlent plus, qui écoutent la voix qui bouleverse et ne surprend pas pourtant :

> *Quand il me prend dans ses bras*
> *Qu'il me parle tout bas*
> *Je vois la vie en rose...*

Et alors – oh! mais c'est presque imperceptible! – Alcide se laisse prendre. La voix a traversé les zones familières un peu opaques, elle a trouvé le cœur sous la ouate des saisons vécues vaille que vaille et c'est tout naturellement au bonheur qu'il songe, Alcide, c'est-à-dire à Thérèse, sa femme, et son regard se mouille dans le grand miroir. « Et dire que je ne sais pas, je n'ai jamais vraiment su lui dire ma tendresse, à elle qui attend toujours mais sans me montrer cette mauvaise mine des femmes qui attendent... » La chanson va fouiller au plus profond d'Alcide, va dénicher une mélancolie vieille de trente années, fait resurgir des images d'étés chauds, de vergers fleuris, de promenades à cheval sur la neige, de feux de joie au bout du champ de sarrasin, Thérèse toute jeune, avec son désir, son besoin d'être heureuse, « ma femme, mon unique amour mal aimé, ma belle patiente, ma courageuse Thérèse ». Louis sourit, sa moustache fine s'étire au-dessus de ses lèvres fines. Il sait bien, Louis, où elle va, la voix, dans quel ourlet de chair tendre elle s'est logée chez Alcide. Louis la connaît par cœur, cette voix, et il fredonne avec elle, du bout des lèvres, discrètement. Il sait, Louis, que la voix âpre de la chanteuse est devenue pour Alcide la voix de l'épouse qu'on oublie à force de l'avoir toujours là, près de soi, attentive, effacée, présence douce à laquelle, hélas! l'homme s'habitue. « Toi pis ta musique, Louis! » Et ils sourient, tous les deux, dans le grand miroir et ils savent, sans le dire, ce qu'une pareille voix vient faire dans l'ordinaire du temps d'aujourd'hui où, curieusement, le cœur est de nouveau fragile, enchanté par un commencement d'été qui fait fondre, sans qu'on s'en rende compte, les vieilles duretés de l'hiver. Et c'est peut-être très bien comme ça, après tout, puisqu'il faut bien fondre de temps en temps, sentir qu'il en reste des choses à faire pour changer, pour voir un peu « la vie en rose ». Et Alcide pense : « Elle qui aime tant les pique-niques et qui parle – oh! rarement mais quand même! – d'un voyage chez sa bonne vieille amie Janette en Virginie, aux États, au bord de la mer. Et puis aussi, il y a les petites choses qu'on aimait faire tous les deux, au début. S'étendre sous les pommiers, en revenant de la grande prairie, mettre ma tête sur son ventre et qu'elle me dise : " Entends-tu, Alcide, le chant du vent dans les branches? C'est ma petite enfance, ce vent-là ", et qu'elle parle du temps d'avant moi, au bord du fleuve, de ses frères qui partaient sur l'eau, des hivers trop longs, de l'apprentissage de l'attente, cette belle qualité si difficile des femmes, et puis qu'elle passe sa main dans mes cheveux et que le temps ne soit plus pesant pour quelques émouvantes secondes... Oui, si on veut bien, on peut encore les vivre ensemble, pense Alcide, ces choses et ces mots de tous les jours qui contiennent l'éternité. »

Louis regarde Alcide dans le grand miroir. « Tu les

trouves pas trop courts, tes cheveux, Alcide? » « Non,
non, et pis ça repousse si vite! » Le grand homme se
lève, frotte sa nuque qui pique, se secoue : mystérieu-
sement, il est content. Comme à chaque fois qu'il vient
se faire couper les cheveux chez Louis, le barbier.

Il y a partout, sauf peut-être au cœur de la forêt,
cette poussière de lumière dans l'air, ce scintillement de
l'air lui-même. Le soleil est mêlé à tout, si bien que le
village brille, comme s'il avait un halo. Le toit de l'église
éclabousse, il est de braise, comme la lave des volcans
sur les photographies du magazine *Life* qu'on feuillette
chez Louis, le barbier, en attendant son tour sur la
chaise, les soirs de veille de fête au village. Les têtes
d'arbres, même ceux de la grande rue qu'on taille, sont
piquées, enfoncées dans ce bleu liquide, brûlant du ciel.
La moindre silhouette de gens, de bêtes, d'objets et
même d'insectes est doublée de son ombre et, pour
chacun, ce mystère va de soi. On s'arrange de ce dédou-
blement bizarre. C'est comme ça. Un fantôme noir vous
suit ou vous précède partout. C'est l'agacement, comme
un prix à payer pour tant de belle lumière sur la terre.
Et puis l'ombre est fraîche et, sans elle, n'éclaterait-on
pas dans cette clarté absolue?
   Il n'y a que le chien du garagiste pour perpétuellement
s'étonner de ce chien noir, bizarrement allongé, mali-
cieux, qu'il ne peut ni fuir ni effrayer en mordant dedans
avec une belle rage inutile. Il a beau courir, tourner sur
lui-même, s'étendre de tout son long dans l'herbe : rien

à faire. Le chien noir court avec lui, tourne avec lui et s'étend avec lui de tout son long dans l'herbe. Heureusement, le chien du garagiste n'est ni trop perspicace ni trop intelligent, il ne s'obstine pas. Très vite, il oublie son fantôme et s'endort. C'est, comme on dit, une brave bête. Il ne dort jamais longtemps. Il y a trop d'odeurs excitantes dans les champs où il chasse. Ayant oublié son ombre, l'autre chien noir, il se remet sur ses pattes, se prépare à suivre une trace, un parfum exaspérant, un petit goût piquant dans l'herbe. S'il se retourne, il aperçoit bien le chien noir qui le suit comme pour lui voler sa proie. Mais tout de suite, il repart à la poursuite de l'odeur et il oublie. L'ombre pourtant le rattrape juste comme il passe sous la clôture qui sépare les champs de la grande rue. Alors, il s'écrase dans le fossé, il grogne, il montre ses dents. Mais le chien noir a disparu. A sa place, trônant sur un des poteaux de la clôture, le chat roux est là qui le nargue. C'en est fini de son ombre pour le reste de la journée : le chat roux est réapparu.

Tu dors. C'est drôle, tu n'as rien de fragile dans ton sommeil. Tu n'ouvres pas la bouche comme la plupart des dormeurs qui semblent chercher la mort. Tu restes vivante, toi, tu ne changes pas, tu ne t'absentes pas. Tu te reposes. Une de tes épaules brille dans la lumière de ma lampe qui t'a rejoint en même temps que les feuilles pleines, que ma main, que mes songes éveillés, que le livre. C'est la nuit qui te tient dans son poing d'ogre gentil. C'est la nuit qui me tient dans son poing de sang.

Je continue, mon amour. En fait, j'arrive au commencement de tout : je vais faire venir ici, en pleine clairière – ce halo qui tremble un peu autour de mes mains –, cet homme et cette femme, ma source, ma provenance, mon monde d'avant la vie. Tu verras leur pose superbe s'animer, jaillir de ce cadre où tu les a connus. Tu les verras s'aimer avec impudence, seuls tous les deux, dans ce monde avant nous, ce monde triste où ils étaient comme deux îles sur un grand lac amer.

Ailleurs, dans un autre village qui n'est pas mon village, de l'autre côté du lac, plus loin encore derrière les montagnes, sur le parvis d'une église semblable à toutes les belles églises de village, mon père et ma mère se tiennent debout, seuls, souriants, accrochés l'un à l'autre, immobiles. Il n'y a pourtant pas de photographe, pas d'oncle ou de cousin avec l'appareil brandi. Cependant, ils ne bougent pas. C'est le jour de leurs noces, de leur délivrance. Gertrude n'est pas une mariée ordinaire et Maurice n'est pas un marié comme les autres. Les cloches sonnent très discrètement. C'est qu'ils se sont mariés « contre la volonté », comme on dit. Ils ont hâte de quitter leur village mesquin, sa tristesse, sa honte, et d'aller là-bas, dans l'autre village, vivre leur vie qui ne sera pas facile, ils le savent bien, mais qui ne sera pas l'enfer et c'est toujours ça de pris.

Son bouquet de mariée, Gertrude le lance au hasard. Ce sont des lys rouges, des trilles de sous-bois, fleurs de printemps bien ordinaires : je te l'ai dit, Gertrude n'est pas une mariée comme il y en a tant. Un joli bouquet qui fait leurs adieux, qui s'en va porter chance aux oiseaux, qui ne sera pas dans l'album de famille, lui non plus.

Et moi je suis là, entre eux, comme un ferment dans leur sang. Ils s'embrassent la bouche ouverte et, dans leur salive, dans leur joie, dans l'éclat du soleil sur leur peau, je suis présent, déjà.

Elles sortent la langue, toutes les trois ensemble. L'enfant de chœur veille à ce que la patène d'or ne leur chatouille pas le menton car elles sursauteraient, et alors Jésus ne pourrait plus fondre en paix dans leurs bouches, glisser saintement dans leurs gorges, éviter les dents, comme il se doit. Elles baissent la tête, toutes les trois ensemble et elles sentent, vraiment elles sentent, la résurrection au bon goût de froment descendre dans leur estomac, irradiante. Puis elles se lèvent, toutes les trois ensemble, apaisées, leurs cornettes bien droites et elles retournent s'agenouiller, toutes les trois ensemble, leur gros chapelet de bois battant leurs jupes raides. Oh! Jésus, doux et humble de cœur!

Rachel Bédard, remarquent-elles du coin de l'œil, toutes les trois ensemble, ne va pas communier. Elle est assise, la tête dans ses mains et on entend très distinctement ses sanglots et l'écho de ses sanglots dans l'église tranquille. Le curé, qui est chez lui, après tout, dans son église, plisse les yeux et regarde Rachel Bédard pardessus ses lunettes, tousse, tousse encore et de sa grosse voix faite exprès, il dit :

— Rachel, passe donc à la sacristie après la messe, j'ai affaire à toi!

La première a vraiment sursauté. La deuxième a ouvert de grands yeux encore remplis d'un ravissement céleste. La troisième, elle, a fait : « Ah! » De surprise, d'émoi ou de compassion, on ne sait jamais avec elle. Rachel n'a pas cessé de pleurer, son visage dans ses mains : « Oh! Jésus, doux et humble de cœur! »

— Plonge la puise, Jacob, pour l'amour! Plonge-la que j'te dis!

Le doré frétille et menace de se décrocher. Germain fait ce qu'il peut pour grimper le poisson dans la chaloupe mais c'est à Jacob de manœuvrer avec sa puise. S'il donne le moindre coup sec, Germain, avec sa canne, la gueule délicate du doré, qui est comme du papier de soie, va se déchirer, et le poisson va piquer du nez dans l'eau et disparaître très vite vers le fond, comme un éclair. C'est une belle prise, il doit peser dans les huit ou dix livres et c'est bien pourquoi Jacob paralyse. « Jamais vu de poisson pareil! Gros comme, long comme... »

— Vite, Jacob, sans-dessein, plonge la puise, on va le perdre!

Mais Jacob rêve, stupéfié, et les secondes précieuses passent, fatales. On ne saurait dire, au juste, ce qui empêche Jacob de se précipiter, mais il est possible que ce soit l'émerveillement, purement et simplement. Une sorte de choc, trop de beauté miroitante entre deux eaux et puis l'anticipation du récit, cette joie suffocante quand il racontera, Jacob, ce soir, sur le quai : l'ensorcellement d'or et d'argent, le gros doré et les yeux fous de Germain qui le tirait doucement vers la chaloupe. Le temps, soudain, s'est arrêté, intense, comme une chaleur mordante dans la poitrine, une paralysie. Le côté éternel et le côté fugitif de ce moment extraordinaire, la soudaine précision aveuglante du paysage, le ciel trop bleu, trop vide, les joncs qui se balancent dans le vent comme si de rien n'était, la corde de l'ancre qui plonge vers le fond sombre et l'ombre exacte, découpée du vol d'une mouette sur l'eau : tout ça dans la même épuisante seconde et son bras qui veut bouger, qui va bouger, s'étirer, saisir la puise, le triomphe après la léthargie, oui, la puise...

– Maudit fou! Jacob, que c'est qui t'a pris?

« Ce qui m'a pris, pense Jacob, ce qui m'a pris? Mais Germain, voyons, on rêvait! Ça peut pas exister un poisson pareil, tu le sais bien, on rêvait, Germain! »

Quand il fera plus chaud, en juillet, je t'emmènerai au bout du monde. C'est-à-dire là où s'arrête le chemin de la commune et où commence une talle de framboisiers sauvages et, après elle, c'est le désert des champs laissés en friche parce que les Indiens les brûlent à chaque fois qu'on tente d'y semer quelque chose. A l'infini, s'étend une steppe d'arbres rabougris. Quand Maurice m'y a conduit, la première fois, j'avais cinq ans et je me souviens d'avoir pensé : « C'est ici le bout du monde. » Je trouvais effrayant et beau en même temps que le monde s'arrête au bout du chemin, que le vide commence tout de suite après les framboisiers, l'abîme, la mort. Ça voulait dire que le catéchisme avait raison : il existait bel et bien une fin, paradis ou enfer, une limite à notre aventure. C'est comme si j'avais toujours su, sans vouloir le savoir, que nous n'étions pas éternels, que nous étions fragiles et qu'il fallait vite aimer, courir, découvrir la terre, profiter du monde de ce côté-ci des framboisiers. Au-delà, nous attendent les bêtes féroces pour se nourrir de notre chair éphémère. Le grand Gilles rira beaucoup de ma frousse qu'il qualifiera de cauchemar de petit catholique fêlé. Encore aujourd'hui, quand je jongle avec un problème sans fond, il m'arrive, surtout la nuit, de rêver à cette talle de framboisiers sauvages, ultime borne, point limite au-delà duquel la vie s'arrête et commence l'inconcevable, le néant, le vide.

On s'assoira dans l'herbe, tous les deux, à l'ombre, et on savourera les framboises mauves et sucrées. On s'aimera peut-être avec les abeilles bourdonnantes autour de nous. On sentira la mort toute proche mais ignorante de nous, de nos corps cachés derrière les herbes.

L'enfance brille maintenant entre nous comme un halo. Nous sommes pareillement hantés d'elle, triomphants, tous les deux. Un peu plus et nous basculerons ensemble dans un bonheur que je m'obstinais à croire trop simple pour nous. Et alors, l'enfant viendra.

Le grand Gilles est descendu de son cheval. Il a sauté à terre d'un coup, comme un cow-boy, facilement et le cheval, habitué, n'a pas bougé.

– Belle-Fille, ma meilleure, ma beauté!

La jument se laisse complimenter sans orgueil, sans même relever la tête vers lui. Gilles défait le nœud qui ferme le gros sac de cuir qui palpitait tantôt contre le flanc de Belle-Fille. Il l'ouvre: le petit renard roux ne remue pas, pelotonné au fond du sac. Le métis plonge sa main, saisit l'animal par la peau du cou.

– Viens, mon trésor, viens voir comme y fait beau!

Le petit renard ouvre à peine les yeux. Très vite il va se lover dans le creux de l'aisselle gauche du grand Gilles, là où une bonne senteur familière le protégera. Quand le grand métis entre dans l'ombrage de la forêt, le renard lève la tête, renifle et vient se percher, comme un corbeau, sur l'épaule de l'homme, attentif, rassuré tout à fait. Le premier piège visité est vide et le renard lorgne son maître, l'air de dire: « Il y en a de plus rusés que moi, les plus vieux, les plus beaux, tu ne les auras pas facilement! » A en juger par les ombres allongées des bouleaux sur le tapis d'aiguilles de pin, il est à peine neuf heures et le grand Gilles a tout son temps aujourd'hui, comme hier, comme demain, comme toujours.

Tu dors dans le hamac qui te balance sur la véranda de la grande maison blanche. Cette maison dans laquelle nous sommes entrés après la mort de Vina, ma tante l'avait laissée pareille, n'y avait pas même changé la courtepointe sur leur lit, dans la chambre claire. Toutes ces années! Pour elle, pour moi, pour toi, du temps dissemblable a passé. Hier, après le souper, tu m'as demandé : « Ce livre, tu ne le ferais pas si on n'était pas venus habiter cette maison, tous les deux, n'est-ce pas? » Et je t'ai répondu : « Non, sans doute. Un autre, sûrement, je ne peux pas faire autre chose, mais pas celui-là. » Mais je pensais, j'imaginais, en commençant le livre, lier, mêler, raccorder leurs existences avec la mienne et, peut-être, même si c'est déraisonnable, me faire pardonner la distance, mon inconscience, la cruauté de mon adolescence. Et puis nous avons voulu l'enfant tout de suite. Dès que tu as respiré l'air du lac, les lilas, la bonne poussière de soleil de cette chambre où je suis né, l'enfant était avec nous. Et encore ceci, mon amour, que je ne comprends pas mais qui tremble au fond de moi et qui réclame le livre : l'oubli n'est bon à rien. Cette vie nomade, rapide, aveuglée, si loin du bonheur et de l'attention, ma vie de disciple hypnotisé, de vin rouge, ma vie de ville et de volonté ne m'a pas éloigné de la maison blanche, au contraire. J'y étais enfermé, je me cognais contre ses murs, absurde oiseau éperdu de ciel et d'oubli. Je hantais la chambre claire, fantôme obsédé aux plumes brisées.

Peut-être, mon amour, l'enfance ne nous lâche-t-elle que lorsqu'on vient manger dans sa main, docile, vaincu, délié?

Malvina relit la lettre pour être bien sûre. Même si ça fait douze fois qu'elle la lit, la lettre lui fait mal encore et tellement plaisir.

Le 14 mai 1946

Ma chère cousine,

si tu savais comme nous avons hâte, Maurice et moi, d'arriver chez vous! Es-tu bien sûre que la maison sera assez grande pour nous prendre, mon époux et moi? Tu es si gentille, comment m'y prendrai-je pour te remercier, Seigneur? Malvina, comme je l'aime, cet homme! Et tu sais le mal que j'ai subi de toute part afin de l'avoir à moi et de me donner à lui! Nous rêvons d'une vie simple, et nous t'aiderons pour la maison, je te le promets bien. Maurice trouvera vite du travail, il est tellement débrouillard. Quant à moi, je connais par cœur le train de ménage et je n'ai pas la réputation d'être rechigneuse, tu le sais.

Ah chère, chère Vina, ma bonne cousine, que le bon Dieu te bénisse d'être si avenante! Fasse le ciel que nous ne démérititions pas de tes bontés. Nous nous marions donc lundi le 2 juin et nous arriverons le soir du même jour, dans le vieux bazou de Maurice qui n'aura pas de décorations de noces, car tu sais les conditions plus que modestes de ce mariage-là. Pauvres familles, si elles savaient comme on les plaint du haut de notre bonheur et si elles savaient le mal qu'elles nous ont fait, quand même! Mais cet anneau que Maurice me passera au doigt, personne, non, personne ne me l'enlèvera, jamais au grand jamais! Oh! comme je l'aime et comme je suis sûre de lui et certaine de moi, Vina! Je te confierai tout quand on parlera, le soir, sur la véranda de la belle maison blanche.

> Toute ma tendresse et mille mercis,
> ta cousine germaine, Gertrude.

P.S. Embrasse bien Sam et dis-lui notre tendresse pour lui également. Il est si fier et si gentil, ton Samuel, ma chère Vina. C'est un homme à aimer, ça c'est sûr!

Un homme à aimer, Sam des grand-routes? Un homme à oublier, plutôt, à semer dans la grande mémoire des saisons mal advenues. Un homme absent, un homme qui s'en est allé, la démarche chaloupante, le regard détraqué, le collet relevé : « Sam, le rêveur, le fuyeur, mon amour parti vers les ailleurs encore une fois et, j'ai bien peur, cette fois pour toutes. »

Malvina pleure doucement. Ses larmes glissent sans peine, coulent le long de son nez et tombent en pluie sur la fameuse lettre, précisément là où sont écrits les mots : « Comme je suis sûre de lui et certaine de moi, Vina! » Alors elle éponge la lettre avec le bout de son tablier, la plie en deux, puis en trois, puis en quatre et la remet à sa place, c'est-à-dire bien en évidence, sur le pot à fleurs rempli de trilles rouges, au centre de la table de la cuisine. « Au moins, ça en fait deux d'heureux, pense Vina, deux qui ne vivront pas de mirages et de rêves qui s'usent. Et c'est toujours ça de gagné dans cette misère de vie! »

Le chat a sauté sur le poteau de clôture du couvent des sœurs. Statue fière, il dévisage le chien, en bas. Son pelage est auréolé de bel or roux, à cause du soleil derrière lui. Le chien a beau sauter, s'éreinter contre le poteau, japper, friser l'apoplexie, il ne dérange pas du tout le chat occupé à contempler la lumière, à humer les odeurs du matin, à s'inventer une mille et unième histoire pour se désennuyer, encore aujourd'hui. C'est un beau prince indolent et roux, superbe et mélancolique, juché sur son poteau préféré, son trône, ruisselant de lumière et narguant le chien du garagiste, pour faire changement, pour s'occuper, pour passer le temps long.

Dans le sixième piège visité, un lièvre gigote encore, du sang noir sur sa fourrure beige. Le grand Gilles le cueille, doucement, il dégage la patte de l'animal qui ne se plaint pas, sinon des yeux. Mais peut-être aussi est-ce son regard de lièvre, tout simplement, sa façon de voir l'homme, cet étranger. Un orage noir de prunelles, moitié douleur, moitié rage. Pas par les oreilles, comme font les barbares, mais par la peau du cou, le grand métis attrape le lièvre, il le caresse tranquillement puis le met dans le sac. « Encore un autre qui vivra avec moi quelques jours, quelques nuits, le temps de voir un peu

que je suis fréquentable, quoi qu'ils en disent, au village!
Hein, Ti-Fox? » Le petit renard, séduit par la voix,
l'haleine tiède du grand Gilles, redescend sur sa poitrine,
vient sentir le sac, puis retourne se nicher dans le creux
de l'aisselle du géant, là où ça sent la confiance comme
nulle part ailleurs.

Tout à l'heure, des enfants sont venus jouer sur la
grève, attirés par notre chien. Ils étaient habillés de cirés
orange et bleus. Tu es sortie leur dire bonjour, parler
avec eux, je te regardais par la fenêtre de la chambre.
Tout de suite, ils sont venus t'entourer, j'entendais leur
rires faciles, coulants et ton rire à toi, clair, indompté.
Tu as lancé un bâton à l'eau et le chien a plongé, rapide.
Les enfants criaient, sautillaient sur le petit quai. Alors,
tu t'es retournée, tu m'avais sans doute deviné à la
fenêtre. Tu m'as souri sans me voir. Tes cheveux au
vent, une main au-dessus de tes yeux, tu as regardé
longtemps vers la fenêtre. Je suis resté là, accoudé,
abasourdi. C'est ainsi que je t'imaginais avant de te
connaître et, alors, je pensais : « Mon vieux, tu rêves, tu
as peur, tu es seul, tu te recroquevilles, tu as mal, c'est
l'amertume qui te fait inventer cette femme, tu vieillis,
tu es amer... » J'ai fait le geste d'ouvrir la fenêtre avec
lenteur, savourant ma joie. Je t'ai envoyé la main, à toi
et aux enfants, et, dans ma tête, j'entendais ta voix me
répéter les mots que tu m'as dits, le premier soir : « Je
n'aime que l'innocence et il ne faut pas croire qu'elle
n'est qu'un prolongement maladif de l'enfance. Ce n'est

pas non plus une naïveté protégée par de l'aveuglement. C'est un bond hors de soi et très peu en sont encore capables, je parle des adultes, bien sûr. Toi, oui, tu peux. Une attention naturelle, tu en es capable, une attention pacifiée, une chance... »

Je reviens au livre, les mots embués tremblent devant moi. J'ai laissé la fenêtre ouverte, je veux continuer le livre avec la musique de vos rires, en bas. Tout ce qu'il y avait de caduc et de forcené en moi a fondu, avec toi, mon amour. Fond encore un peu plus, de jour en jour.

Il a pris sa voix douce, approximativement douce, le curé. Rachel Bédard tient son foulard contre ses yeux, son nez, sa bouche. Ça sent le cierge qu'on vient d'éteindre, l'encens froid et l'obéissance, dans la sacristie. Par les grandes fenêtres, un soleil qu'on dirait très vieux traverse les rideaux et vient faire reluire le carrelage trop brillant, comme ces éclairages de miracle sur les images du catéchisme. Solennel, le temps est imposant, triste.

– Faut que tu prennes sur toi, ma fille. Pense à tes enfants!

Elle renifle, Rachel Bédard, dans son foulard et l'écho de son reniflement exaspère les murs de la très digne sacristie, trop digne pour les chagrins de veuve éplorée.

– Vous pouvez pas comprendre, vous. Mes enfants, je les aime. Je leur donne tout ce que j'ai, y se débrouillent bien, mais moi! Le déshonneur, le malheur! Cet homme-là, ce qu'il a fait, personne, pas même moi, ne méritait ça!

– Là, là...

Petites tapes molles, ambiguës, contre l'omoplate de Rachel Bédard, miel et tiédeur dans la voix du prêtre, dérision de son haleine avinée, réconfort fétide. Autrement dit, rien. Rien pour calmer le désarroi, la peine de Rachel Bédard. Rien pour remplacer l'ancienne confiance, l'ancienne fierté, du temps que le village était dans la belle ignorance du péché de Léopold, son mari, son défunt : ses amours avec la sauvagesse à tout le monde, dans l'anse. « Sur des lits, jamais les mêmes, de sapinage, de cèdre et même sur la mousse tendre des sous-bois, dans les champs toujours déserts de la commune, au vent, au soleil, lui, mon mari, avec elle, l'Indienne, riante, tous les deux en plaisir! Et que je les aie surpris, c'est bien ça le pire! Ensemble, cascades de rires fous, leurs corps mêlés, nus, et si loin de leurs habits, à cent pieds d'eux dans l'herbe! Leur insouciance et puis sa violence à lui quand il est rentré à la maison, du foin dans les cheveux. Ses yeux malades, déjà perdus, je le savais. »

Elle s'est levée brusquement et elle court comme un animal qu'on libère, elle court sur le carrelage trop brillant de la sainte sacristie, une ombre fuyant trop de lumière et, sur le pas de la porte, elle se retourne, remet son foulard sur sa tête et crie :

– Il s'est ôté la vie, monsieur le curé! C'est ça ma honte, pis vous vous en moquez, vous comme les autres, si plein du bon Dieu que vous soyez!

– Voyons, mon enfant...

Elle ne dit pas : « Dites plus rien, monsieur le curé, c'est assez, bien assez, j'ai ma peine à porter plus loin, moi, ma maison, la journée à faire... » Mais elle le regarde, le curé, de ses yeux de servante sans plus de fierté aucune, sans plus d'humilité aucune et elle fuit. Le curé hoche la tête, impuissant comme Dieu lui-même.

La chaloupe dérive. Germain laisse traîner ses deux pieds dans l'eau qui font deux sillons où du soleil coule comme de l'or fondu. Jacob, lui, tient toujours l'ancre à bout de bras, penché vers le fond, attentif aux herbes et aux roches. Mais Germain ne lui fera pas signe tout de suite. Il a d'autres plans. La petite plage nacrée, celle avec les branches de saule au-dessus d'elle, comme un parasol de milliardaire, là-bas, près de la grande pointe. S'y étendre, quelle joie! « Le sable sera frais, ça sentira les joncs, les algues, la femme qui veut », pense Germain. Y faire la sieste, respirer toutes ces odeurs qui saoulent et sentir la fleur veloutée d'un songe féminin s'ouvrir dans son ventre!

« Il me mène, pense Jacob, et il prend plaisir à ce mystère, à la dérive, à mon ahurissement perpétuel, il s'amuse, le grand chat, mon cousin, il s'amuse de ma tendresse pour lui, de mon obéissance et ce n'est pas méchant, non, les chats ne sont pas méchants. Mais c'est plus fort que lui, il a besoin de toute sa force, toujours.

C'est cette grande confiance, sous la peau, et qu'il écoute et qui le rend heureux et qui me rend stupide avec le poids de l'ancre au bout du bras et le gros soleil qui me tape dessus. »

Simplement, en suivant le courant, la chaloupe vient s'échouer sur le haut-fond de sable. Là-bas, sur la grève, un grand héron bat de ses longues ailes lentes et qui paraissent si lourdes. Il décolle, il rase l'eau, s'élance au ralenti. Comment va-t-il monter dans l'air de ce tranquille mouvement sans enthousiasme? Il ressemble à l'homme qui veut faire l'oiseau. Et pourtant, lentement, le grand héron aux ailes impossibles gagne le ciel. Il est déjà au-dessus de la pointe et son ombre, plus lente que lui encore, amerrit, glisse sur l'eau, semblable à l'avion qui prend le ciel sans bouger ses ailes.

Germain a sauté. Ses pieds s'enfoncent dans le sable doré qui miroite au fond de l'eau.

– Tire la chaloupe, Jacob, on va se reposer un peu!

Et Jacob dépose l'ancre, quitte le vol du héron et vient hisser la chaloupe sur la grève pendant que son cousin, le grand chat, plonge, après avoir poussé un cri... de chat.

Dans un chemin de campagne, au bord d'un champ de luzerne, la vieille Buick est arrêtée. La radio joue et la portière côté chauffeur est ouverte mais il n'y a personne dans la voiture. Du chemin, on distingue une petite île de cèdres au centre du champ, pas très loin de la route. Ombrage à vaches ou peut-être oasis d'été pour le fermier. Ils sont là, tous les deux. Maurice a retiré sa veste, sa cravate trop serrée, sa chemise qui collait. Torse nu, il est debout, appuyé contre une grosse branche et il la regarde, elle, sa femme, Gertrude, qui est assise sur une vieille souche, bien droite dans sa robe claire, ses cheveux presque rouges parce qu'un rayon de soleil tombe précisément sur elle comme pour montrer au monde sa parfaite innocence et son désir pur pour cet homme qui la dévisage en souriant. Dans les yeux de mon père, il y a un trouble, un commencement de larmes trop longtemps retenues. Brusquement, il plonge sur elle, il veut enfoncer sa tête dans son ventre. Ma mère caresse son dos, ses cheveux et il pleure, mon père, il ne peut plus s'arrêter. « Là, là, on est ensemble, mon amour », dit-elle. Lui dit : « Ta robe, je la froisse toute. »

Elle pense : « Mon Dieu, froisse, froisse! Je t'en supplie ne te retiens plus, mon mari! Ça fait des mois que tu avales de travers, que tu me touches avec tes yeux seulement. Donne tes mains, ta bouche! De loin seulement, à l'église, au marché, tu me désires sans rien pouvoir dire, sans rien pouvoir faire depuis des mois! Je t'aime d'avoir attendu, comme un cheval dans l'enclos, je connais ta fougue. Dans quelques heures, nous serons à la grande maison blanche, mon amour, c'est à peine croyable! »

Il reste là, à genoux, la tête dans sa robe, proche de son ventre où je suis déjà à demi vivant. Il gémit, il a ses deux mains clémentes, à elle, sur ses épaules, il est à l'abri de tout. « Comme elles sont belles, ses épaules d'homme délivré », pense Gertrude. A travers les branches leur parviennent quelques notes d'une chanson que joue la radio de la vieille Buick, au gré de la brise.

> *Comme au premier jour, toujours, toujours*
> *Je me souviendrai du jour*
> *Où sous le cerisier*
> *Le cœur brisé, tu m'as parlé d'amour...*

Ils ont le cœur dans la gorge. Ils sont mariés. Ils sont libres!

Tu déposes les pages sur tes genoux et tu me demandes : « Mais pourquoi est-ce qu'ils fuient, Gertrude et Maurice? Qu'est-ce qu'ils ont fait de mal? » Je te regarde avec mes yeux tranquilles dans lesquels tu sais lire depuis longtemps mes frousses, mes foisonnements. Tu commences alors à deviner. Tu te lèves, tu étreins les pages d'un bras et, de l'autre, tu attrapes le petit cadre où il y a leur photo. Je sais que tu reconnais tout de suite sur leurs visages la trace d'une fièvre. Une vieille fièvre dont j'ai hérité. Cette espèce d'ardeur en veilleuse, ce mutisme de la passion, cette absence de vertu, d'hypocrisie, de calcul dans leurs prunelles, sur leur peau, ce rayonnement voilé, cette sauvagerie pondérée, discrète, cette épouvante aussi. Tu m'embrasses. Les pages écrasées entre nous se froissent pendant le baiser. Après, je dis seulement : « Imagine, c'était il y a trente-sept ans! » Et tu imagines, facilement. La peur, la lâcheté, la violence des familles, le zèle atroce des autres. Ce viol, toujours, de l'innocence charnelle, cette lapidation, le péché d'aimer avec son corps souverain, cette fuite hors de Dieu, ce sacrilège, cet outrage. Tu revisites, en pensée, les tiens, tes mutilés : vieilles filles amères, oncles saoulons, adolescents chassés du paradis, mariés et mariées absurdes, désespérés, muets. Pendant une heure, haletante, bouleversée, tu les redécouvres, tous ces parents maudits. Le massacre des saints Innocents qui n'a jamais cessé. Tu rougis de cette vision si forte. Tu parles, tu parles et ils émergent de l'ancien temps, écorchés, dérisoires, vivants!

Il faut fuir, mon amour. Souviens-toi de nous deux, au début, comme on a presque fait scandale. Nos amis, nos proches, comme ils ont essayé d'empêcher cet amour qui leur faisait peur. Il faut fuir, mon amour, parce qu'on leur fait peur. Sinon c'est l'immolation, la tuerie ou l'étouffement, dans tous les cas, la mort. Tu me redonnes les pages chiffonnées, tu prends ma main, tu la mets sur ton ventre et tu dis : « Pour elle, ou pour lui, ce ne sera pas pareil. »

Elles se suivent et se ressemblent. Même pas hâtif, même frottement de semelles, même froufrou rêche des jupes, mêmes ombres rapides sur le chemin, derrière elles. La première chantonne en trottinant, fière d'être à la tête de la caravane, de la file indienne, et elle pense : « Ah! nous trois, quelle allègre compagnie pour célébrer Dieu et sa grâce! » Et elle dodeline, berce et secoue sa tête heureuse de petite sœur en amour avec son Éternel. La deuxième souffle fort, respire à pleins poumons le trèfle et la rosée et le cèdre frais de la haie du couvent. La troisième, elle, n'a pas levé la tête encore, toute présente à l'hostie qui chauffe toujours au fond de son estomac et qu'elle confond avec son âme pour son plus grand enchantement. Elle pense : « Je ne suis rien, moi, rien auprès de Lui, rien qu'une petite sœur pusillanime sous Son soleil. »

Au moment où la première s'arrête pour ouvrir la grille du couvent, côté cuisine, pour la discrétion et l'humilité, la deuxième éternue très fort, sans doute à cause de l'odeur piquante de la menthe poivrée. « Ah! », fait la troisième, surprise. Elle méditait savamment. Elle médite souvent, comme ça, et ne revient sur terre qu'aux bruits secs et choquants de l'une ou l'autre des deux autres petites sœurs. Ses yeux, alors, immenses, ahuris, font rire la première et la deuxième : ce sont des yeux qu'on dirait scandalisés et ils sont si drôles! « Hi! Hi! Hi! », font-elles, moqueuses. Leurs épaules montent et descendent et leurs ombres en spasmes, sur la pelouse du couvent, étonnent à son tour le chat perché qui se demande...

L'orage qui nous a menacés toute la journée est finalement passé au-dessus de nous. Nous n'avons eu droit qu'à une grosse ondée, un filet de grosses gouttes tissé large à travers lequel on voyait le lac, la grève, le ciel comme un paysage sur un film à la pellicule rayée. Tu dis que tu as chaud, alors je viens près de toi et je respire ta sueur qui sent si bon, je m'en saoule, je me glisse le long de ton corps dans le lit. Le livre attendra. Je te désire si brusquement que tu ris en me dévisageant avec ton air de grande fille surprise. Tu me demandes de ne pas entrer en toi, tu prends mon sexe dans ta main. Tu dis que tu veux me sentir ruisseler sur tes doigts, tes poignets. Tu dis que je goûte le trèfle, le sel et aussi l'amande. Tu dis : « Dire que ce sera un de ces minuscules poissons de lune luisants, opaques, mystérieux qui réveillera l'œuf au fond de moi. Goûte! Vois comme il sera fait d'un parfum, d'une essence aussi, notre enfant! » Et tu ris en me tendant tes doigts, la tête renversée, comme une enfant qui s'amuse avec l'interdit.

« Le pire, pense Vina, c'est qu'il est sûrement à rôder quelque part, pas très loin. Dessaoulé, Sam, plein de remords mais entêté, orgueilleux comme le clocher de l'église. Je sais qu'il hésite à partir sur le grand chemin et que, quand même, il partira. Parce qu'il l'a dit et aussi parce qu'il croit que c'est son destin. »

– Malvina, ma grande douce, que c'est que tu veux, c'est plus fort que moé, la maudite bouteille me mène par le bout du nez! Si je reste avec toé, ce sera pas un, mais deux moribonds que ça fera au bout du compte. C'est comme ça, sans compter la démangeaison des ailleurs, l'appel du plus loin qui me rendra fou à attacher si je te marie pis qu'on s'installe dans la belle grande maison blanche. Ensuite, j'ai trop de fierté pour endurer les médisances des bonnes gens de la commune qui parlent déjà de nous deux comme d'une alliance sans allure, une vieille fille un peu riche pis un saoulon fainéant. Non, non, Vina, j'aime autant l'oubli, la grand-route, que tu te refasses une vie dignement.

Dignement? Malvina grimpe l'escalier avec une paire de draps neufs, brodés par elle, en songeant à ses noces à elle. Elle caresse l'étoffe un peu rude, enfouit son nez dedans : ça sent un peu le camphre, le grand vent et surtout la lavande. « Au moins, pense-t-elle sans larmes ni rien de trop déchirant dans le grain de la voix du dedans – voix du délire nécessaire, voix qui finira bien par parler d'autre chose, un jour, voix de la survivance et de l'amertume –, ils serviront pour Gertrude et Maurice, mes beaux draps bien lisses, bien tendus sur le grand lit et je mettrai des pétales de lys sur les oreillers, comme faisaient mes parents, les pauvres, et j'ouvrirai la fenêtre pour que la brise parfume le lit et je mettrai le crucifix dans le tiroir de la commode pour qu'Il ne les empêche pas, du haut de sa croix, de prendre leur temps, ces deux-là, de savourer leur nuit de noces, de bien en profiter, elle n'arrive qu'une fois et encore, pas pour tout le monde. »

La grande horloge, en haut de l'escalier, là où s'arrête Malvina pour reprendre son souffle, sonne dix longs coups qui s'en vont résonner dans les pièces vides de la grande maison blanche inondée de soleil.

– Seigneur, dix heures déjà!

Elle aurait aussi bien pu dire : « Dix heures seulement! »

Il est allé se prendre dans la clôture de broche comme un épouvantail disloqué. Pauvre chien, le chat l'a rendu fou. Il bave, il n'a plus son souffle, son museau saigne et des mouches lui tournent autour de la tête. Dans son regard, il y a la stupeur de s'être laissé aller à l'angoisse folle à cause de cette boule rousse qui bondissait devant lui, le rendant malade de rage. Instantanément, sans qu'il puisse même y songer une seconde, il a foncé, aveugle, furieux. Talles de mûriers, haies, cèdres filaient sous lui, il devenait oiseau, faucon, aigle. Une petite halte au pied du cerisier de la banque, dans lequel le chat est grimpé, puis ce fut le plongeon vers le fond des cours, les poubelles qui tombaient à sa suite, tonitruantes dans l'écho de la ruelle derrière le marché et, enfin, le chat s'est immobilisé sur une grosse canne d'huile à moteur. Alors, dernier souffle, élan multiplié, le chien a sauté, sûr de l'avoir dans la gueule cette fois, le croquant déjà, salivant déjà. Mais le chat – comment diable a-t-il fait? – a bondi, a disparu derrière le mur du marché. Le chien a bien vu la clôture, mais trop tard. Tout de suite il l'a eue dans le museau, dans les dents et puis ce fut l'éclair dans sa tête, la fin rouge d'une chimère rapide et brûlante.

Il lèche ses babines douloureuses, salées de sang. Le chat, lui, le regarde du haut du petit pommetier. Il n'est même pas fier. Simplement, il s'est bien amusé et puis il oublie. Que de lumière aujourd'hui! Qu'elle est longue, cette journée!

Le petit pommetier derrière la maison, Malvina, celui qui donnera, en automne, ses fruits brillants, ses pommettes rouge sang, se remplit d'oiseaux chaque matin, tel un sanctuaire. Ton arbre, l'arbre de tes amours, fier ce matin, il fait l'éventail, toutes ses feuilles sont sorties déjà. Sa foi est grande, au petit pommetier, Vina. Et puis il n'a pas vraiment besoin d'espoir ni de rêves, lui, pour renaître, embaumer, s'adonner à ses amours avec la lumière. C'est injuste, hein, Malvina, cette sève amère et forte au cœur des tiges et qui nous nargue de ses élans sans raison, qui nous brûle de sa durée folle, inépuisable. Tu le fixes, ton arbre, et tu chantes :

Sur la plus haute branche
Le rossignol chantait...

Ce matin, c'est un carouge qui piaille, sur la plus haute branche du petit pommetier, et c'est toi, mon amour, qui chantes.

Dans la lumière fugitive de l'enfance, toutes les apparitions futures sont annoncées. La mémoire fait son travail et puis on oublie, parce qu'il faut bien continuer, apprendre, se charger de sens et de raison. Après, on pense qu'on imagine, quand surviennent certains chocs amoureux ou encore une rencontre capitale. Ou, tout simplement, une bonne humeur ou une angoisse inexplicables. Pourtant, pour ceux, comme moi, qui n'ont pas réussi à oublier, il y a des révélations qui n'en sont pas. Je sais, par exemple, que *le Bateau ivre* de Rimbaud, « Plus douce qu'aux enfants la chair des pommes sures, l'eau verte pénétra ma coque de sapin », c'est un peu en amont de l'île de la Barque, là, où pousse une talle de joncs très précise et très belle, je t'y emmènerai, elle est toujours là. Tout Mozart, c'est l'automne sur le versant sud de la montagne, là où moutonnent dans le vent les chênes rouges, les bouleaux jaunes et les érables orange, tu verras, c'est symphonique et c'est vraiment Mozart. La parfaite clarté de l'enfance rend transparente toute nouveauté. Chaque découverte est un souvenir et si on y va en volant c'est parce qu'on sait. Ce n'est pas la croyance abstraite en un monde idéal que l'enfance laisse au fond de nous, a laissée au fond de moi. C'est l'attente qui devient vite désir, certains l'appellent espoir, c'est cette magie qui se souviendra d'elle-même. Sur la grève, devant la maison blanche quittée trop tôt, dans la montagne ou encore dans les sous-bois de la commune, je savais mille choses qui sont arrivées. Ça peut mettre cinq, dix ou vingt ans à venir, mais ça vient. Et ça vient tel que c'était présagé, donc désiré ou redouté. Ce n'est pas nous qui tournons la roue. Nous sommes la roue. Je sais que tu riras, ou que tu souriras, tout au moins, en lisant ces mots, mon amour. Oui, tout était en moi, la mémoire ne fait que me rendre l'ensorcellement.

Ainsi, toi, c'est ici, sur la grève, précisément là où toi-même tu as dit, le premier soir : « Ici, je respire, je me remets à respirer. » Si je ne t'avais pas d'abord rencontrée ici, je n'aurais pas pu t'y emmener. Tu serais passée, je ne t'aurais pas retenue, nous ne nous serions pas aimés, nous ne ferions pas l'enfant, rien n'existerait aujourd'hui de cette belle extravagance qui nous dépasse et dans laquelle nous sommes transportés comme dans une vague.

Non : si, en te voyant, je n'avais vu le ciel d'été au-dessus de nous, le lac devant nous et les pins autour de nous, je n'aurais pas pu croire que c'était toi.

Je ne reconnais la force d'un désir, sa nécessité, je n'accepte sa tension, ne me soumets à son délire que si l'enfance transparaît dans les images qui naissent d'une rencontre. Et, de toi, naquirent toutes les images. Elles sont ressuscitées. Je les avais interdites, j'étais affolé, perdu, débranché. L'enfant qui vient naîtra de ces images, de mon enfance et de la tienne retrouvées. Il viendra comme ça et pas autrement.

Onze heures à l'horloge du bureau de poste d'un autre village. Sam hésite. La carte postale frémit entre ses doigts. Son autre main est moite au fond de sa poche. Dire adieu quand on a encore tant d'amour dans la respiration, c'est dur. Pourtant il le faut. Ouvrir la boîte aux lettres, glisser la carte : « Fini, c'est fini, j'oublie tout d'elle pour toujours. Son poids doux sur mon ventre, ses cheveux dans mon cou, son parfum chavirant, sa tranquillité de petite bête qui se reposait sur moi, tout! Qu'il ne soit plus jamais question d'elle et de ses enchantements, ni dans ma mémoire, ni dans mes rêves, ni ailleurs au monde, jamais. »

Presque fou de tristesse et rongé par une colère sourde, Sam a glissé la carte dans la boîte. C'est en croisant le regard de la postière qu'il sait que le souvenir de Vina ne sera jamais effaçable, toujours mêlé aux reflets des bouteilles, aux mirages de la route, n'en finissant pas de sombrer avec lui, tel un navire fantôme des histoires de pirates de son enfance.

Il a couru, effrayé, jusqu'à son camion. La bouteille l'attend, sur le siège. Il avale une grosse rasade de whisky qui le brûle et l'apaise. A la bouteille, il dit : « Je t'ai choisie, toi, Christ de Christ! » Et il répète le juron tout haut, il crie dans le camion. Et alors, les mots écrits sur la carte postale viennent danser devant ses yeux, fatals, empoisonnés.

Vina,

Je t'ai jamais aimée. Je suis le plus méchant homme du pays. Faut m'oublier. Faut me pardonner. Adieu. Prie pour moi, Vina, je t'en prie!

Sam

Sur l'autre face de la carte, un bouquet de fleurs des champs éclaboussant de couleurs et que, pourtant, on appelle une nature morte.

Il l'embrasse. Elle a renversé la tête sur le dossier du siège de la Buick et elle est heureuse, c'est presque trop. Elle dit : « Maurice, si on nous voyait! » Et lui répond : « On est mariés, ma femme, je voudrais bien voir celui qui oserait! » Et il l'embrasse encore : eau d'érable, sève, l'or du soleil dans leurs salives. Ils savourent leurs noces qui seront longues et florissantes, sans honte pour toujours. Ses deux bonnes mains à lui pressent doucement le corsage palpitant et les seins roses transparaissent, se gonflent et alors il devient un peu fou et elle le laisse se plaindre, chanter son trop-plein, exulter, collé à elle de tout son long. La mariée est en blanc et rose et le marié, torse nu, la touche, la découvre, la désire, la cherche. Ils entendent, tous les deux, le bruit de la mer, la peur s'en est allée, le ciel n'en finit pas au-dessus de leurs têtes. Chaque baiser sera maintenant libre, la mort est déjouée, la nouvelle vie est commencée.

Où as-tu trouvé cette photo que tu déposes sur les pages, doucement? J'ai le cœur qui saute : ils sont là et moi avec eux, dans la grosse chaloupe de Maurice, celle-là même qui... Je tourne la photo. La belle écriture propre de Malvina : « Départ de pique-nique sur l'île de la Barque, juillet 1951. » Maurice est assis à l'arrière, appuyé sur le vieux moteur tout ouvert qui laisse voir son mécanisme barbare. Mon père a son beau visage des dimanches sur l'eau. Gertrude, ma mère, lève la tête vers le ciel, on peut voir le blanc surpris de ses yeux. Sa main gauche est posée sur l'épaule de Maurice et le petit jonc en or brille à son doigt, fait une tache étoilée sur la photo. Malvina est assise dans la pince avant, la tête tournée vers nous, l'air absent, comme toujours, mais je sais que ses mains, floues sur la photo, ne cessent de remuer sur ses genoux. Sam, lui, est debout, les jambes écartées, une main levée au-dessus de ses yeux et l'autre enserrant le goulot d'une bouteille dissimulée dans un sac brun d'épicerie. Et moi, je suis debout sur le quai, en caleçon de bain, les deux bras tendus vers eux, je veux monter dans la chaloupe. On dirait que je vais tomber, basculer. Le ciel est vide, immense au-dessus du quai. Sans doute a-t-on demandé à un voisin de prendre cette photo que je n'ai jamais vue.

Je lève la tête vers toi, mon amour. Je te regarde, je souris sans pouvoir en dire plus. Tu sais que ça vient de recommencer en moi, cette pureté acide du souvenir, cette violence du vieux soleil des étés avec eux, cette lumière des départs en pique-nique, acérée, stridente. Tu me dis : « Je l'ai trouvée dans le gros livre de botanique, au grenier. C'était une bonne idée ou pas de te la donner maintenant ? » Je te fais oui de la tête et je prends ta main. Elle est si chaude que je frissonne. Tu caresses mes cheveux, tu dis : « Tu avais déjà de belles jambes, tu sais. » Je ris et tu ajoutes : « S'il allait être beau comme l'enfant que tu étais, notre enfant, comme je serais heureuse ! » Et puis tu t'en vas à la recherche d'autres trésors.

« Hier, dans la nuit, pense le grand Gilles, la chouette s'est plainte longtemps. C'est signe qu'un ami approche. Il est encore loin mais il va venir, il va venir ! » Il me racontera plus tard, quand je serai prêt, comment il avait vu, dans sa tête, une petite lumière naître, bouger, allumant l'espoir. « Je ne sais pas pourquoi ni comment je vois ces choses à l'avance mais je les vois, c'est comme ça. Comme je sais aussi quand l'hiver sera blanc et sec et quand il sera mouillé et que les champs resteront découverts. Comme j'ai su que leur église brûlerait et

je leur ai dit, mais ils ne m'ont pas cru. Ils disent :
" Parole démente du grand dément de la montagne ! "
Tant pis pour eux ! Ils m'en veulent, au village, de ce
don que je n'ai pas demandé et qui leur fait peur. Ils
aiment mieux geindre et pleurer et garder longtemps
des drames à dire dans les cuisines et palabrer longuement sur ce qu'ils appellent des mystères et sur la cruauté
du sort. Ils ne font rien. Ils attendent. Ils attendent la
prochaine noyade, la disparition du bœuf ou le feu qui
mangera leurs granges. Ils peuvent se plaindre tranquilles, après, passer leurs hivers à se lamenter en tri-
cotant leurs mitaines, des foulards pour les enfants et
les morts. Tu parles d'un aveuglement ! Et payer des
messes basses et rebâtir les maisons incendiées et recommencer sans cesse, entêtés qu'ils sont, indifférents à la
loi du monde. Inépuisables de chagrins et de désirs,
jamais ils ne regardent, jamais leurs yeux ne voient la
grande vie de la terre, la profondeur, la clarté et les
enseignements, jamais ils ne s'arrêtent pour examiner les
choses, pénétrer leur sens. Tout le temps à fouiner dans
des talles et des talles de misères, de malchances, de
souhaits, de prières, de droits, de privilèges. Pas un
regard vers la rivière pour connaître les cascades, le
rythme, la violence, la paix de l'eau, les accalmies du
temps, la loi qui travaille pour eux et l'or millénaire du
soleil qui mène la rondeur des saisons, notre fortune à
nous. Jamais une bienheureuse seconde de paix, toujours
le tourbillon. Je les plains. Et puis non, je ne les plains
pas. Dans leur entêtement, tout est prétexte à condamner.
Ils m'ont forcé à m'enfoncer dans le bois et à braconner.
A cause de leur aveuglement et de leur méchanceté,

d'autres seront mis à part, comme moi, et il y aura beaucoup de malheurs dans le monde. A cause de leurs bureaux et de leurs commissions, de leurs sacrements et de leurs règlements, de tous leurs problèmes et ainsi de suite, je n'y pense pas, moi, c'est trop terrible! »

Dans le douzième piège, celui attaché au tronc du gros cèdre, à l'orée du champ de Rosaire La Tendresse-dit-le-dur, une petite belette gigote. « Ils me pensent cruel, moi. Ils aiment bien, pourtant, se pavaner avec leurs beaux manteaux de peaux, le dimanche. Seulement, ils ne piégeraient pas les bêtes, c'est trop sale, on laisse ça au grand métis au cœur pourri, au demi-sauvage maboul de la montagne! Non, je ne les aime pas, et c'est œil pour œil, dent pour dent. J'ai la paix, moi, au lieu de la peur et des indulgences. Viens, petite, on va s'amuser, on va se moquer d'eux un peu, tous les deux, hein? »

La belette, à son tour, s'en va dans le sac. « Plus jamais je ne tuerai pour leurs manteaux du dimanche, foi de grand démon de la montagne! Mais j'en aurai toute une basse-cour le jour où ils me trouveront mort, gelé, dans ma cabane. Lièvres, belettes, renards, chats sauvages, loups blancs et même un chevreuil, et tous leur sauteront dessus, bien dressés qu'ils seront, hein, Ti-Fox? Parce que je sais ça aussi, que je mourrai un de ces quatre matins, très fatigué d'eux et de leur aversion pour la vie, délivré de leur mépris pour toujours, hein, Ti-Fox? »

Le renard a dressé la tête. Une silhouette est immobile au fond du champ. C'est La Tendresse-dit-le-dur qui vise. « Bon, on va y aller », dit le métis. Très vite il s'est enfoncé, il a disparu dans les ronces. Le coup de carabine va se perdre dans l'écho de la montagne.

Depuis quelques nuits, je fais toujours ce même rêve : la chaloupe se détache du quai, la chaloupe de la photo, et s'éloigne dans la nuit. Alors je m'assois au bout du quai et j'attends. Dans ma tête, j'entends : « Ils ne sont pas allés très loin. » Et puis le jour se lève, la chaloupe ne revient pas. Je rentre à la maison blanche et je te cherche. Tu n'y es pas. Et dans ma tête, alors, j'entends : « Je le savais. »

Mon amour, je ne pourrais pas te perdre. Ce n'est pas la solitude ni le vide du monde qui me terroriseraient si tu venais à t'en aller, à disparaître. C'est que me soit enlevé ce que je n'espérais plus et qui m'est venu comme un cadeau immérité, comme un enfant qui serait entré en courant, radieux, essoufflé, dans une maison en deuil. Ne m'en veux pas, mon amour, je ne suis pas habitué aux choses superbes qui durent, aux étés qui remplissent leurs promesses, aux suites éblouissantes d'un amour fou. Tu connais mes pudeurs vis-à-vis de la pérennité, mon effroi de la grande volatilisation. Le cauchemar, mon amour, ce serait que l'enfance refuse de s'ouvrir, ne miroite plus, ne permette plus un monde sans la mort, un monde innocent, le nôtre. Alors, je ne pourrais plus être ce compagnon limpide auquel tu as droit, dont tu as besoin. Je ne serais plus capable d'imaginer une suite, nous étoufferions. L'enfant ne viendrait pas.

Tu dors. N'écoute pas ma voix, mon amour. Écoute

la pluie. Le lac, ce matin, a ses gros moutons blancs d'avant l'orage et le ciel est noir, le cri des mouettes remplit l'air. La tempête va nous attraper de front dans une heure. Dors, mon amour, je reprends le fil.

Elles avalent leur soupe. Chacune a sa manière. La première, avec la petite cuillère, très discrètement. La deuxième avec la grosse cuillère, goulûment, et elle a sa serviette au cou comme une condamnée ravie. La troisième, elle, hésite à cause des gros yeux luisants qui bougent à la surface de son assiette et de l'odeur triste du chou qui lui brouille l'appétit.

Sur la petite estrade, au pupitre, sœur Angèle, appliquée, sonore, ronronnante, lit : « Il y a de la joie à être une victime quand c'est pour Lui... » Elle a bien dit « Lui », avec L majuscule pour que ce soit bien le Seigneur qu'elles aperçoivent en imagination, ses sœurs, et non pas l'autre lui, l'homme et sa sauvagerie égoïste. Entre deux lampées délicates, la première prend le temps, en soufflant sur sa soupe, d'offrir chaque cuillerée à son Créateur et c'est comme si elle soufflait sur son âme à Lui, apaisant son sacrifice, tendrement. La deuxième, elle, se démène avec le mauvais souvenir, entre chaque lampée suave, des mots méchants de son grand frère, à table : « Grosse pleine de soupe! » Elle se dépêche d'avaler vite le reste de son bol pour que disparaisse l'image de la grande cuisine et du garçon sournois qui la martyrisait du matin au soir et elle pense, hélas, qu'il avait raison, le grand frère : « J'étais gourmande et le suis restée, quelle misère!» Quant à la troisième, elle ne songe à rien, elle médite encore. Toute son attention va à la nappe blanche, à la voix tranquille de sœur Angèle et puis à rien. Un brouillard mouvant et flou, radieux, la captive et l'ensorcelle et alors, bienheureuse, elle avale sa soupe qu'elle n'aime pas, qu'elle n'a jamais aimée, qu'elle n'aimera jamais en ne sachant plus le goût qu'elle a, cette soupe, ni même si c'est toujours sœur Angèle qui lit la vie des saintes ou bien tout simplement une voix, n'importe laquelle, dans les limbes de sa tête enfuie dans le rêve. Ce n'est que lorsque sœur Angèle agite la petite clochette que la troisième se souvient : «Ah! sœur Angèle, c'était sœur Angèle et c'était la vie de sainte Catherine et c'est la soupe aux choux qui goûte mauvais!» Quel malheur de revenir sur terre, surtout dans le grand réfectoire où flotte toujours cette triste odeur de choux, odeur de pénitence, odeur de misère.

Sur la plage, à l'ombre d'une grosse branche de saule, Germain dort et Jacob chasse les maringouins qui rôdent autour de la tête de son ami. Le vent fait danser de petites taches d'ombre échancrées de soleil sur le sable, sur la peau brune de Germain. Il est midi, la grosse cloche de l'église sonne l'angélus. «Encore une fois, rien n'arrivera, pense Jacob. Il dort, le grand chat. Il est aux anges, le nez au vent. Comme il est beau! Qu'est-ce qu'ils penseraient, au village, s'ils savaient que je l'aime, Germain? Non pas seulement comme on aime un ami ou un cousin ou même un frère. Je l'aime avec mon corps, c'est plus fort que moi. Mais de ce drôle d'amour-là, je n'attends aucune délivrance. Rien n'arrivera jamais. »

Soudain, Germain a bougé. Sa tête roule sur le sable et il respire fort, ses cheveux viennent frôler la cuisse de Jacob qui n'ose pas remuer, de peur que... quelque chose arrive.

– T'as le goût de me flatter, hein, Jacob? Ben, depuis le temps que tu te retiens, j'me suis rendu compte. Tu sais, y est pas dit que j'aimerais pas ça...

« Ça y est, pense Jacob, c'est lui qui dort et c'est moi qui rêve! » C'est Germain, bien sûr, qui ose le premier. Sa grande main chaude a rejoint le genou de Jacob, comme pour le réveiller de sa torpeur, et, tranquillement, la main grimpe la cuisse, monte, monte...

Il est midi et le soleil s'amuse de tant d'innocence, de ce péché de tendresse qui commence entre les deux cousins, sur la petite plage de la baie des Trois Pins. Et qui n'ira pas bien loin, il n'aura pas le temps.

Oui, il est midi. Le monde est en pleine lumière et je suis comme le chat, ou comme la petite sœur, la troisième : je cherche des points d'ombrage. J'ai besoin d'une oasis, moi aussi, au milieu de cette ardente première journée. Je descends te rejoindre sur la grève. Nous courons, tous les deux, jusqu'au grand quai, histoire de se donner de l'appétit.

L'après-midi

Un gros vent pousse des nuages violets, ronds et solides, au-dessus du lac. Tu montes la petite côte sur la vieille bicyclette de Malvina. Tes cheveux dansent autour de ta tête, ta robe dessine ton corps comme si tu sortais de l'eau. Je vois tes dents, tu souris au vent, l'effort te donne du plaisir, dans le défi tu resplendis. Je descends t'accueillir. Tu me sautes au cou et alors, essoufflée, tu me dis : « Ah, le bon vent ! » Nous nous embrassons, nos bouches sont comme des brûlures qui s'apaisent. Je tiens le guidon, tu marches à côté de moi. Ta robe revole, claque comme un drapeau. En arrivant devant la maison, tu dis : « Un Indien, à cheval, a galopé à mes côtés, il m'a suivi jusqu'au pied de la côte puis il a piqué vers la montagne. Jamais vu autant d'insolence, de beauté ! Lui et son cheval, avec ce vent, c'était... » Tu ne trouves pas les mots. Tes yeux, cependant, ont l'impétuosité que l'Indien et son cheval ont piquée en toi comme un bon poison.

Toi aussi, mon amour, tu retrouves quelque chose, tu renoues avec quelque chose, je le sais. Pour toi aussi l'exil, la maison blanche, c'est l'enfance retrouvée, pure, intacte, avec ses belles violences de volcan qui rebout. Un peu plus tard, tu montes me porter ce mot que tu déposes vivement sur les pages :

Il sera complice de cette beauté et de cette insolence, lui aussi, notre enfant. Je le veux avec cette mémoire imaginante qui est la tienne, la nôtre maintenant. Je t'aime. Continue.

– Marcel, Reynald, Sylvia!

Elle les appelle. Elle a dit doucement leurs noms, elle n'a pas crié. Et puis elle s'est souvenue qu'ils étaient à l'école, ses enfants, et qu'elle était seule dans la maison. Seule, Rachel Bédard. Et alors, malgré ce soleil fracassant, ça a commencé : une douleur lui est tombée brusquement sur les épaules, a envahi le creux de ses reins. Une fièvre née des images mortuaires, de la peur, du grand malheur des derniers jours. Tout était en ordre dans la maison, il y a une minute, et voilà que, tout d'un coup, l'ordinaire est brisé, le monde s'est changé en monstre. D'abord, c'est la chaise berçante de Léopold qui s'est mise à bercer toute seule, et puis le vent (et pourtant il ne vente pas) s'est mis à gonfler les rideaux. Elle tourne la tête, Rachel, pour apercevoir le pardessus de son défunt, sur le gros crochet, et pourtant elle l'a donné aux guenilloux, hier, ce gros pardessus de laine qui sentait l'étable. Le voilà qui se remet à sentir très fort, le pardessus, mais pas l'étable, non, ni les vaches. L'étoffe dégage des effluves et des effluves de senteurs sauvages, parfums de la savane, odeurs de plaisir, les émanations suffocantes de la sauvagesse et de Léopold en amour dans le bois de la commune. Arôme maudit de marécage et de pourriture. Alors, elle se sent très proche des limbes, Rachel Bédard, sur le point de perdre connaissance. Déjà elle titube, elle cherche à se retenir, elle va tomber. Elle s'accroche aux montants du poêle où le reflet du gros soleil flambe, aveuglant. « Faut que j'aille dehors, Seigneur, sans ça j'vas tomber dans le p'tit mal! »

Dehors, c'est tout de suite l'étable qui vient sur elle comme un récif que la barque menée par la tempête ne peut pas éviter. Son toit de tôle comme de la braise, ses murs incandescents, un vrai piège de feu. Rachel ouvre la grosse porte de l'étable. L'odeur du foin ne l'apaise pas. Au contraire, ça sent de plus en plus le péché d'adultère, la joie maudite de l'amour : Léopold et elle, l'Indienne. « La femme qui me le prenait parce qu'elle s'offrait sans gêne, tout ouverte, sur le tapis d'herbes! » La tête lui tourne, à Rachel Bédard. « Je veux pas devenir folle, mon doux, mon bon Seigneur, faites de quoi, je me sens partir, m'en aller vers la grande folerie, sans force, abandonnée. Oh! mon Dieu, mon Dieu! »

Et puis ça s'est arrêté d'un coup, comme c'était venu. Parce que le petit veau est là, le dernier né, le sien, Chou-Chou, celui qu'elle a tiré par la patte et qui est venu au monde dans ses bras. Il est là, couché, tranquille et il regarde Rachel de ses yeux angéliques. Rachel se sait alors délivrée provisoirement des dragons du conte noir, de la vision de Léopold et de la sauvagesse. Chou-

Chou renifle sa jupe et Rachel le caresse. Des larmes douces, bonnes, salées coulent sur ses joues.

– Chou-Chou, mon ti-gars, mon tit-ange, ma folerie chaude, mon trésor, ma p'tite joie!

Les mots sortent en lui faisant grand bien à Rachel Bédard. Tellement qu'elle ne songe plus à être malade ni même à devenir folle. C'est fini. La grosse poutre, celle à laquelle Léopold s'est pendu, là, juste au-dessus d'elle, Rachel ne la voit pas et c'est tant mieux. Il y a des accalmies pour les veuves qu'on dit éplorées, des répits : la langue rêche et tiède de Chou-Chou et son regard d'innocent tranquille.

La vieille Buick soulève un nuage de poussière, un grand voile de noce scintillant, et les mariés, Gertrude et Maurice, mon père et ma mère, heureux, filent vers la grande maison blanche, vers l'autre village, vers un bonheur difficile mais qui durera. Ils n'ont plus peur. Ou plutôt, ils n'ont plus que la peur qu'on ressent quand le pire est passé et que l'avenir s'ouvre, vide, vertigineux. La peur de ce qui peut et doit advenir quand plus rien n'empêche un amour de s'élancer, téméraire, vers son futur incertain. La peur qui reste après la lutte et la victoire. La peur de ne savoir, peut-être, que faire du temps souverain, que faire au cœur du contentement incessant, que faire de la liberté nouvelle. Ils regardent droit devant eux, les champs, la route, le serpent gris de la route, les maisons surprenantes, les granges drôlement bâties, le nouveau pays. Ils songent, de temps en temps, à ce que c'était, il n'y a pas si longtemps, que de se vouloir tant et tant et de ne pas pouvoir s'approcher même. Ils sont heureux, même avec cette frousse du bonheur, comme deux oiseaux déviés de leur migration. Ils savent qu'ils mourraient, tous les deux, ensemble et instantanément, s'ils venaient à être séparés de nouveau. Ils auront tous les courages maintenant, ils le savent.

Le chant des siffleux, quelques notes poussées par la chouette et, tout près, au fin bord de la nuit, le vent qui siffle dans les peupliers. Je suis agenouillé au milieu du lit, ma tête sur tes cuisses. La fenêtre est ouverte, le bleu indigo de la nuit tremble entre les branches du gros sapin. Ça sent bon la terre et la pivoine trop mûre. Je glisse mon visage jusqu'à ton sexe, je hume, je me drogue de ton sel, je fais un rapide voyage au commencement du monde. Tu caresses mes cheveux comme on cajole la tête d'un enfant qui veut s'aventurer trop loin dans les mystères. Le très précieux secret de notre joie est là, encore frémissant, au milieu de toi. Toi qui préserves, toi qui sauvegardes, toi qui prolonges. Toi qui feras l'enfant. Je remonte jusqu'à ton visage. Tu souris mais tes yeux sont graves, tes prunelles dilatées, tu rêves. Je n'ose pas parler, briser l'envoûtement. Au bout de longtemps, tu dis : « Je voudrais qu'il sache, tu comprends? Qu'il sache notre amour, la passion qui l'appelle, la beauté de cette nuit. Je voudrais qu'il sache le plaisir, l'avidité, la tendresse qui le convient à nous rejoindre ici. Je voudrais qu'il sache. » J'essuie tes larmes de joie, tes larmes de doute et je les bois sur mes doigts. Tu me serres si fort que tu me coupes le souffle. Pour dérider un peu la solennité du moment, je pousse un petit cri de bête piégée, pour te faire rire. Mais même ton rire contient ce goût violent et presque triste, cette volonté têtue qu'il sache, notre enfant, son origine, la nuit infinie de notre amour, sa gaieté folle, sa gravité profonde, son mystère semblable au beau désordre de nos corps sur le lit, dans la chambre claire.

Louis, le barbier, assis sur son perron, médite. Personne au salon, pas de clients et Louis fume tranquillement. Il regarde le feu du soleil sur le lac. « Tout l'or du monde, pense Louis. Quand on dit : Je n'en voudrais pas pour tout l'or du monde (en parlant d'une fantaisie qu'on fait mine de dédaigner), on ne sait pas ce qu'on dit. On pense banque, écus, bijoux. On pense à ce qu'on pourrait amasser dans une vie trop courte et qui ne ferait jamais le compte, de toute façon. Alors que la vraie richesse, la beauté, ce bouillonnement de soleil fondu, tout l'or du monde, on ne pourrait pas le donner. Il n'est pas à nous. Et pourtant, on en profite! On ferme un peu les yeux et ça vient vous flamber le fond de la cervelle, ça vous nettoie comme... C'est peut-être ça, le fameux feu purificateur. Ah, mon cher, le monde, quand on le regarde bien... » Il fait comme s'il discourait, Louis. Il n'est jamais seul, le barbier. Quelqu'un l'écoute, il y a toujours quelqu'un qui a besoin de savoir, d'entendre les mots qui célèbrent, les mots qui empêchent le vertige. « Peut-être que je délire, mais regardez-moi ça : tout l'or du monde, c'est trop pour une seule paire d'yeux! Faut que je vous dise... »

Malvina s'est étendue – oh! juste une petite minute! – sur le lit des mariés qu'elle a soigneusement préparé. Des draps de lin frais, une couverture de laine du pays, des oreillers de duvet. Le moelleux du lit, tout de suite, l'aspire comme un remous. Pouvait-elle savoir? Pouvait-elle deviner que la peau de son dos se mettrait à brûler au contact des draps, que les sanglots la reprendraient, que le grand vide laissé par Sam se remettrait à trembler, à la secouer si fort?

Elle voulait seulement faire une dernière fois sa sieste dans la chambre claire, seulement respirer, en paix, les yeux fermés, se reposer. « Maintenant, plus rien n'arrivera comme prévu, pense-t-elle. Pourvu que ça ne leur porte pas malheur, pourvu que mes larmes de tristesse, tout ce gâchis, pourvu que ça ne leur gâte pas leur nuit de noces, Seigneur! »

Il dort, le chien du garagiste, la tête sur ses pattes de devant, le museau dans l'herbe. De temps à autre, un gros soupir. De temps à autre, une oreille qui palpite brusquement. A l'ombre, au bord de l'eau, il est au frais, il est aux oiseaux, il se repose, enfin. Petit répit savoureux au milieu d'une journée trop nerveuse, acide, comme la sève qui bout au cœur des tiges.

Bien sûr, Germain s'est endormi. Repu, content, sa grosse main sur son ventre, sa respiration innocente, ample, tout l'air du monde dans sa respiration. Jacob, lui, continue de chasser les mouches, les brûlots, les libellules, à les éloigner du corps trop beau, trop serein, de son cousin, le grand chat. « Ça s'est passé si vite, trop vite et moi je tremblais comme une fillette! Tu parles d'un trop doux cataclysme! Franchement, j'aurais pas cru qu'il se laisserait faire comme ça, Germain. C'était facile pour lui, bien sûr. Il a même pas ouvert les yeux. Et moi, j'ai pensé : Le grand chat va se réveiller, ôter ma main, reboutonner son pantalon, je peux pas croire! »

Jacob ouvre tout à coup de grands yeux ahuris. Là, sur le cou de Germain, un maringouin rougit et gonfle à vue d'œil, gorgé du sang vermeil du grand chat. Troublé, infiniment troublé, Jacob observe le petit vampire qui, rassasié, boursouflé, essaie de reprendre son vol. Éperdu, lourd comme la mort, l'insecte va s'écraser sur le sable où il agonise, bienheureux. « Moi, pense Jacob, au contraire, plein de lui, avec sa force que j'aurais avalée, avec son sang, je ne pourrais plus jamais mourir. Je volerais, je volerais! » Et Jacob frissonne d'avoir eu une pensée si déraisonnable, si vertigineuse.

Le grand Gilles débouche dans la clairière où Belle-Fille, sa jument, l'attend en broutant l'herbe douce-amère du petit marais. Avec des gestes faciles, allant de soi, il caresse le flanc tiède du cheval, attache à la selle le sac où sont prisonniers le lièvre et la belette, puis grimpe sur la bête sans que Ti-Fox, le renard, ne se dérange sur son épaule.

Le cavalier, bien calé dans le creux de reins de sa jument, le chapeau rabattu sur les yeux à cause du gros soleil, reprend le sentier de la montagne. « Qu'il arrive, ce nouvel ami, vite! Je suis comme un oiseau avec une aile brisée. Mon cœur est froid au-dedans de moi, je suis vieux. Le verrais-je venir, aujourd'hui, j'en oublierais tous les torts qui m'ont été faits et je mourrais en vieil homme satisfait et heureux. »

Dans le grand réfectoire aux luisances nacrées, toutes les trois, elles remuent en sourdine autour des tables, déposant avec délicatesse des bouquets de trilles dans les petites urnes à fleurs du dimanche, pour la visite de M. le curé. La première étale, en éventail, les lys et, savamment, elle cherche et trouve la plus jolie disposition. La deuxième fait de grosses touffes dont le rouge violent, sur la nappe, surprendra les regards et suggérera peut-être des pensées trop capiteuses au crépuscule. La troisième, elle, distraitement, très distraitement, mêle les tiges, feuilles, fleurs et même quelques fougères et aussi, par hasard, deux longues tiges de forsythia. Et c'est, par hasard, le plus joli bouquet.

Sam est entré dans l'auberge, le pas élastique, le chapeau de travers. Ce sera son sixième whisky et une brume béate a commencé d'insensibiliser, pour la remettre à plus tard, sa grande peine. « J'ai cassé! » crie-t-il au garçon qui le regarde venir en hochant la tête derrière son comptoir.

– J'ai cassé! Au yâble la grande maison blanche pis la trop bonne femme qui m'attendait, m'attend, m'attendra! Un whisky, ti-gars, pis très fort! Un pour toi aussi si le cœur t'en dit. A la santé des imbéciles heureux, maudit Christ!

Il ne sait plus, Sam, où il est, où il se trouve, dans quel village, sur quelle route, vers quel impossible oubli il vogue.

Soudain, j'entends un feulement suivi de petits cris stridents. Je laisse le livre, je vais ouvrir la fenêtre. Tu es dans l'eau jusqu'aux cuisses et tu me regardes, ensoleillée. Je crie : « Attends-moi! » Je me déshabille en descendant l'escalier et, nu, je te rejoins dans le lac. L'eau coupe le souffle. Tu sautes, tu frissonnes, tu es radieuse. Je ris, j'exagère tous mes gestes pour me dégeler. Nous tombons ensemble dans une vague glaciale. Nous nageons jusqu'à la talle de joncs, toi à la brasse, moi au crawl. Puis nous ressortons de l'eau en courant. L'or de ta peau retient plus longtemps les gouttes claires. Tu viens t'étendre sur la chaise en disant : « Il aimera l'eau froide, lui aussi. Il le faut. C'est si bon! » Je ris. Mon amour, ce rire-là je ne le connaissais plus depuis longtemps. Ce rire de premières baignades antarctiques, ce rire d'enfance, ce rire du corps qui découvre, je l'avais oublié.

En remontant vers le livre, je songe : « Elle est ici, elle bouge, elle entraîne tout le ciel avec elle, elle me redonne envie de savoir, de guetter, de bondir, de vivre! » Je reprends le livre où j'en étais, les épaules lavées, déliées. Tous les beaux sortilèges de l'enfance sont à nouveau ici, avec moi, avec nous, mon amour.

On les a d'abord pris pour des touristes. Beaucoup trop empressés, exaltés, enfermés dans leur plaisir comme des amants de roman, se moquant des regards, indifférents aux gens de ce village inconnu, à leurs allées et venues mécaniques. Gertrude a retiré son voile de mariée depuis belle lurette et ses cheveux font la méduse dans le vent. Elle a la démarche heureuse, souple. Maurice, lui, ressemble à un de ces héros dégingandés, hostiles à la réalité, un de ces héros de cinéma du genre qu'on n'aime pas beaucoup par ici. Parce qu'il remplit toute sa peau et parce qu'il est amoureux de sa femme avec impudeur, la serrant contre lui au beau milieu du chemin, l'embrassant contre un poteau de téléphone. Avec ce regard qu'il porte sur elle, cette braise au vent! On ne s'avise pas de les suivre des yeux trop longtemps parce qu'alors on saurait, on comprendrait, on serait gênés. On se rendrait compte alors de nos allures étriquées, de nos gestes renfrognés, c'est sûr, en les comparant à cette désinvolture de l'amour qui les fait tanguer, ces deux-là, accrochés l'un à l'autre comme des enivrés (on dira : « comme des sauvages! ») et au beau milieu de la rue, au su et à la vue.

Ils ont demandé de la crème en glace. Elle, à la vanille, lui, au chocolat et « deux boules, s'il vous plaît, mademoiselle! ». Au soleil, ça leur fond sur les doigts. Ils rient et ils se lèchent le coin de la bouche (on dira encore : « comme des sauvages! »). On les observe à la dérobée. Ils ne savent pas qu'on les regarde comme ça, avec une telle attention froncée. Qui pourrait bien s'intéresser à eux maintenant qu'ils sont libres? Maintenant qu'ils marchent ensemble, qu'ils se touchent, maintenant qu'ils sont innocents? Elle, en robe blanche dont le bord de dentelle fine traîne dans la poussière et qui n'y fait même pas attention et qui sourit au ciel, à son homme, à la beauté du monde, mais sans exagérer, sans faire briller ses dents. Et lui, le torse nu, sa chemise dans sa poche et qui renverse la tête, qui rit en la dévorant des yeux.

Il la prend dans ses bras. Elle pousse un léger cri d'oiseau qu'on libère. Il la porte. Il marche en faisant le fou avec son beau fardeau qui rit, au beau milieu de la rue. Autour de la vieille Buick, des gens, des badauds, des curieux les regardent s'embrasser (on dira : « se manger, comme des sauvages! »). Et puis ils repartent. La vieille Buick toussote, ronronne, se décide enfin à tourner rond. La mariée éclate soudain de rire, très fort : Maurice vient de faire une grimace splendide aux curieux qui les dévisageaient « comme des sauvages ».

Elle s'est lancée dans le ménage, Rachel Bédard. « Mon Dieu, mon grand barda du printemps qui est pas encore fait! » Laver les fenêtres, les rideaux, frotter les murs, suer à grosses gouttes, ne plus avoir en tête qu'un vide ardent, une façon d'oubli. Rachel lave et frotte, frotte si fort qu'un carreau de la fenêtre de la cuisine a éclaté. Un gros bouillon de sang foncé est apparu sur son poignet. « Seigneur, dit tout haut Rachel Bédard, le sort m'en veut. Du sang, misère, du sang noir, y manquait plus que ça! » Et elle reste là, fascinée, à regarder couler sa vie, comme si, au bout du sang, il y avait enfin la paix tant désirée.

– Maman, voyons, que c'est que vous faites là?

C'est Reynald, le plus vieux, revenu prématurément de l'école, une chance du bon Dieu, qui la trouve, étendue, ensanglantée, sur le plancher de la cuisine. Vite, Reynald accourt avec une serviette d'eau froide. Il dévisage sa mère. « On dirait une sainte ou une folle », pense-t-il. Une sainte ou une folle, Rachel Bédard? Ou tout simplement une veuve éreintée, une femme en grand deuil, trahie, inconsolable, défaite. « On pourra plus la laisser toute seule dorénavant, c'est sûr », pense Reynald. Il soigne sa mère, fait un garrot, arrête le sang. La sainte ou la folle ne s'aperçoit plus de rien, la pauvre. « J'vas toujours ben manquer l'école, ça fait ça de plaisant. Faut un homme ici-dedans. C'est mon tour, faut croire. J'vas mener la maison à partir d'aujourd'hui! »

Rachel lève la tête vers son fils. « Comme tu lui ressembles, Reynald, à ton pauvre père. J'avais jamais remarqué. » Et elle pense, sans le dire : « La même fierté effrayante, la même tendresse cassante, le même amour, comme obligé, le même ennui d'avoir à soulager. C'est triste, mon Dieu, comme c'est triste ! »

Réveillé, tiré de sa torpeur par la grosse chaleur et les démangeaisons de puces, le chien du garagiste ouvre les yeux, se remet sur ses pattes, puis s'étire en faisant une révérence au beau temps, le museau dans le sable et la queue en l'air. Puis il se gratte, la patte battante, obsédée comme une lame de batteuse à grain. Il se secoue. Par grosses vagues molles, son long corps frémit, ses oreilles claquent et finalement, bien sûr, il perd l'équilibre et se retrouve assis, le nez contre un monticule de terre glaise où une odeur aguichante le fait se braquer, aux aguets, la queue raide et les oreilles carrées. Lentement, sa cervelle se remet à fonctionner. D'abord, c'est une image poilue, luisante puis, tranquillement, à mesure qu'il renifle le trou dans la terre, ça se précise. Ça a des moustaches et ça bouge comme une ombre. Ça sent la terre et le musc, c'est bon, un peu âcre au goût et c'est merveilleusement agaçant entre les crocs. Un mulot ! Un grand frisson nerveux, par courtes ondes, circule le long de son dos, atteint ses pattes, électrifiant. C'est à moitié l'appétit et à moitié la rage, ce frisson-là. Soudain, tout en nerfs tendus, en poils dressés, le dos en bosse de chameau, le chien se met à gratter la terre

avec ses pattes de devant. Mauvais, maboul, complètement abandonné à cette nouvelle odeur, perdu encore
une fois, mené par le bout de son nez, le pauvre. Mais
l'odeur se déplace, elle court sous une couche de vieilles
branches séchées. Alors le chien saute, s'abat sur l'odeur
qui déjà n'y est plus, qui a filé dans l'herbe, petit point
noir absurde, dérivant. Il s'affale dessus de tout son poids
mais elle est déjà plus loin, l'odeur, fuyante. Il croit
l'attraper enfin entre ses pattes mais l'odeur, la petite
trace noire s'est échappée, elle est justement rentrée
chez elle, dans le trou. Alors le chien gratte, gratte
encore, il voit rouge : il a faim, le pauvre.

Les deux innocents s'enfoncent dans la forêt de la
grande baie, un bois de pins et de chênes, qu'ils ne
connaissent ni l'un ni l'autre, où il est même interdit
d'entrer. C'est écrit gros comme ça : « *No trespassing!* »
C'est la forêt du club de chasse américain, propriété de
sir McDonald ou de sir Maloney ou de quelque autre
riche Bostonien qui l'a eue pour pas grand-chose, comme
de raison, il y a vingt ans passés.

– *No trespassing,* mon œil, Jacob! Y sont loin les
propriétaires, mon vieux, à Boston ou en Floride, cherche
donc! Y viennent juste l'automne pour abattre nos che-
vreuils, les salauds! Viens, j'veux aller voir ça, moi!

Germain a sauté la clôture d'un bond. Jacob, lui,
hésite. Il regarde le lac, le ciel, la chaloupe amarrée au
saule, il se mord les lèvres, se tord les mains. Puis il se

décide : il grimpe la clôture à son tour mais son fond de culotte reste accroché dans la broche piquante. Germain éclate de rire, étouffe, tousse et finit par dire : « T'es ben gnochon mon cousin! » L'étoffe du pantalon se déchire dans un bruit inquiétant et Jacob pense : « J'espère que c'est pas mauvais signe. Faut pas que ce soit mauvais signe! »

– Attends-moi, Germain!

« *No trespassing!* » C'était écrit gros comme ça! Et pas seulement pour interdire l'accès au paradis de chasse américain. A cause des sables mouvants, les sables mortels du marais anglais, pauvres innocents!

La première dit : « Reprenez, ma sœur, et plus fort, pour l'amour! » La deuxième ajoute : « Vous êtes capable, voyons, raidissez-vous pas comme ça! » Mais la troisième rougit puis blêmit, avale sa salive, elle jurerait avaler du sable et ouvre enfin la bouche en cul de poule. Un, deux, trois, quatre : « *O salutaris hostia...* » C'est mieux, beaucoup mieux même, et les deux autres voix montent à la rescousse, cristallines, vibrantes dans l'écho de la petite chapelle.

– *O-o salutaris hostia...*

La Fête-Dieu, c'est dans quelques jours à peine, mes sœurs, faut être prêtes, absolument!

Tu m'appelles du grenier. Je grimpe vite et je te retrouve devant un coffre ouvert d'où sortent de vieilles guenilles. Tu es habillée d'une robe bleue à pois blancs un peu trop grande pour toi. Tu me dévisages et, en voyant mon air abasourdi, tu sais tout de suite : c'est bien la robe de Gertrude, sa robe de maternité.

– Je vais la porter, si tu veux bien. Pour la chance.

Je te regarde, je ne dis rien. Les desseins du grand hasard me font tressaillir. Ce n'est pas tellement la robe, mon amour. C'est que tu lui ressembles beaucoup et que, soudain, le temps est aboli, la mémoire inutile, inutiles les vieilles photos. Pire encore : inutiles mes efforts pour recréer Gertrude, dans le livre. Et alors, je sais que tu es plus forte que tout, plus forte même que le souvenir. Par-delà les mots qui donnent vie, il y a la vie elle-même avec sa chair vive, ses greniers éclairés, ses surprises, sa vérité. Il y a toi. Je sais que je suis la cible du jeu, depuis le début. L'enfance, enroulée autour de moi, cherche à me déformer, à me plier, à m'arrondir. Décidément, c'est elle qui mène.

Tu me dis : « Je t'ai dérangé, vite, redescends travailler. » Vous vous êtes mises ensemble, l'enfance et toi, pour que les mots ne défaillent pas, pour qu'ils dégorgent comme des sources.

– Malvina! Malvina!
– J'suis au grenier! Qui c'est donc qui est là?
– C'est moi!

– Qui ça, moi?

– Sylvia Bédard!

– Mon doux, attends, je descends!

Elle range dans la boîte à dessus de velours, vite, les photos, les lettres, les vieux bouquets de corsage séchés qui s'émiettent. Prestement, elle a glissé entre sa peau et l'étoffe de sa robe, une photo : Sam, les bras ouverts, son chapeau dans la main gauche, et si souriant que sa belle main droite qu'il tend vers elle, Malvina, est une promesse de paradis avant la fin de vos jours, à elle toute seule. Ma tante redescend du grenier et trouve la petite, en larmes, dans les marches.

– Qu'est-ce qui se passe, donc, mon enfant?

– C'est ma mère...

Et puis elle se met à pleurer, de gros hoquets d'un chagrin trop gros pour elle la secouent. Ce n'est pas seulement un chagrin, c'est aussi un mystère, on dirait.

– Quoi, quoi, ta mère?

L'enfant reprend son souffle, relève la tête de son tablier.

– Si vous la voyiez! On dirait qu'elle a perdu la boule!

« Pauvre enfant, songe Vina, si tu savais comme ça peut être fragile, une boule! » Mais elle ne dit rien. La petite apprendra bien toute seule, et à point nommé, le drôle de secret d'être femme, souvent délaissée, tourmentée, seule. Elle saura bien assez vite. Il peut bien attendre, ce grand dépaysement-là.

– Va, je te suis!

Sylvia descend l'escalier en courant. Malvina, elle, prend le temps de réajuster son corsage où est captive la photo, sa douleur à elle, qui ne lui fera peut-être pas perdre la boule, non, mais qu'est-ce qui est mieux? Chavirer avec le chagrin, basculer avec lui dans l'oubli ou bien survivre et pâtir d'un impossible recommencement? « Tout de même, pense Malvina, pauvre Rachel, son homme s'est pendu en la maudissant, c'est pire que tout, ça, c'est l'enfer ici-bas! » Et la voilà qui court, elle aussi, en relevant ses jupes.

Le grand Gilles ouvre la barrière de bois de cèdre. Le petit chevreuil hésite. Il cogne du museau contre la clôture comme un grand niais ou un grand timide. Le métis s'est accroupi et il attend, la main tendue, ouverte. Les graines de tournesol font un beau bruit appétissant entre ses doigts. Alors l'animal bat du sabot contre la terre, tourne sa tête fragile d'un côté, de l'autre, puis s'avance doucement, les oreilles couchées, le regard peureux. Dans la paume du grand métis, une langue fraîche, un nez tiède, une haleine savaneuse, tranquillement, insistent. Alors, Gilles flatte la gorge tachetée, duveteuse, et la bête se soumet, apprivoisée, sereine, elle vient se frotter contre lui. « Ma faiblesse, ma beauté, dit le grand Gilles, t'es ce qu'y a de plus beau sous le soleil. J'ai fini de tuer. J'ai fini d'avoir peur, de désirer me venger. Pourtant, je suis pas devenu inutile. Pas encore. Un ami approche, ma beauté, je vais peut-être pouvoir me réchauffer aux rayons de la paix. Je devrais pas avoir confiance en l'avenir après avoir été témoin de ce qui a eu lieu et de ce qui n'a pas eu lieu. Nous sommes des prisonniers, tous les deux, ma beauté. Mais bientôt éclateront les barrières de notre isolement. Des routes grandes comme des rivières traversent le paysage, et par une de ces routes-là, il arrive. Je lui apprendrai tout ce que je sais. Après, je pourrai mourir tranquille. Ils pourront jouer avec la lune et les étoiles, refaire la guerre, s'égarer, les autres. Moi, je m'en irai en paix. »

Le petit chevreuil s'éloigne en bondissant. « Ta faim à toi, elle est calmée, mais la mienne, ma faim de donner, de partager, ma faim de transmettre, elle devra encore attendre. »

– Mais c'est Samuel!
– Où ça?
– Là-bas, sur le perron de l'hôtel!

Gertrude fait de grands signes, son voile de mariée au bout du bras, debout sur le siège de la Buick. « Sam! » crie Maurice de sa grosse voix de jubé.

– Sam, qu'est-ce que tu fais là?
– Y nous voit pas, ma grand-foi! You hou! Sam!

Mais l'homme a tourné la tête brusquement, son chapeau rabattu sur ses yeux. Le voilà qui attrape le barman de l'hôtel par le cou et qui se met à discourir, les bras en l'air, sans pourtant renverser une goutte de son verre qui se promène au bout de son bras que c'en est une véritable acrobatie. Maurice a couru, il a rejoint Sam juste comme il allait tomber, débouler les marches de pierre, s'assommer peut-être ou Dieu sait quoi de pire. Le barman, lui, s'esquive, disparaît dans l'hôtel, après avoir lancé à Maurice : « Arrangez-vous avec! Moi, j'm'en lave les mains! »

Maurice a saisi Sam par les épaules, il le secoue, le brasse, lui parle fort mais Sam fait non et non de la tête. Il ne veut pas regarder Maurice, ne veut pas l'entendre. Il continue à discourir au vent, girouettant, emballé, comme une marionnette de tombola.

– Connais-tu l'histoire du pauvre gars, du saoulon qui a pas voulu s'enrôler, qui s'est caché pendant deux ans dans une grange, qui est presque devenu fou, tout seul, dans sa grange, pendant que les autres partaient de l'autre bord pour tuer ou se faire tuer? Hein? La connais-tu cette histoire-là? Oups!...

Il est quand même tombé, malgré l'étau solide des bras de Maurice. Mais ce fut une chute molle, et déjà le voilà qui se remet debout, ou plutôt à quatre pattes dans les marches, comme un chien fou, le nez dans les jupes de Gertrude.

– Sam, pour l'amour!

Gertrude le relève et c'est alors qu'il la voit, qu'il les voit tous les deux. Il dessoûle net, d'un coup, comme un miracle. Puis il se lève et se met à courir, en titubant, jusqu'à son camion de l'autre côté de la rue.

– Sam, fais pas le fou!

Mais déjà le moteur tourne. Soudain, le camion recule à toute vitesse et vient cogner la voiture à lait derrière lui.

– Sam, arrête!

Les pneus crissent, le camion démarre en trombe mais trop à droite, si bien que le capot vient frapper, directement sur son flanc, le cheval du laitier qui s'affaisse en mugissant. Dans un gros nuage de poussière, le camion a disparu. On l'entend pétarader, plus loin, sur la route qui file vers le sud. « Mon Dieu, pauvre lui », dit Gertrude. Maurice, lui, tousse un bon coup à cause de la poussière avant de se pencher sur le cheval du laitier.

– Va falloir l'achever, le pauvre.

Ils sont là, tous les deux, le visage et les mains gris de sable, au milieu de la rue, bouleversés. Une tornade est passée, puant le whisky bon marché, le cousin Sam en furie. Où est-il allé poursuivre son train d'enfer? Le soleil fait, avec la poussière qui retombe, une brume dorée autour des mariés. Le cheval souffle, le museau dans le sable, il se plaint comme un enfant. Des gens sont sortis sur le perron de l'hôtel. Ils gesticulent, ils parlent fort. Le laitier surtout : c'était son seul cheval. L'homme a levé son poing en direction de la route.
– Un cheval de deux cents piastres, maudit fou!

Il n'a laissé que la queue du mulot, luisante et noire, comme la mue d'une petite couleuvre. Il se lèche les babines, gavé. Il a été comme fou pendant quelques minutes. Le temps de croquer délicieusement la bestiole, le temps de sentir les os se briser entre ses dents, contre ses gencives. Ce fut une brève extase et maintenant le temps reprend son poids, le paysage sa place. Une salive surabondante et amère continue de l'émouvoir, pendant qu'autour de lui les formes noyées de lumière blonde reprennent leur pouvoir. Alors, il se découvre à nouveau seul, sans destin, au hasard, le chien du garagiste. Sans cesse ballotté par de nouvelles odeurs, des ombres, des fragrances dans l'herbe, des pistes sur le sable qui l'entraînent vers des abîmes d'où, essoufflé, brisé, il resurgira, libre et misérable. Et puis ça recommence, une ombre, une fragrance dans l'herbe... Tiens, mais c'est le chat, là-bas, étendu sur une pierre, au bord de l'eau, et qui se lèche si précautionneusement le poil des pattes! Déjà le chien s'énerve, il va bondir sans pourtant consentir à ce durcissement de ses nerfs, à cette fête noire, à cette vitesse de son sang. Et le voilà parti en flèche vers cette pierre, au bord de l'eau, perdu, éperdu encore une fois, sans destin, au hasard, irrésistiblement lancé vers le chat, cette obsédante boule rousse au soleil.

– Regarde, Jacob! Là-bas, au fond du ravin, la mère ourse avec ses petits!
– Ah, oui, je les vois!

Ils sont grimpés, tous les deux, les innocents, dans un chêne. Germain sur la plus haute branche, Jacob un peu plus bas, comme deux corbeaux perchés. La mère ourse, aperçue à travers les feuilles, est une grosse masse noire et reluisante qui bouge à peine, qui lèche de temps en temps ses petits comme pour s'assurer qu'ils sont tous là, bien odorants, intacts. C'est la première fois que l'un et l'autre, Jacob et Germain, assistent à pareil spectacle. Ils sont enchantés, les yeux écarquillés, les mollets mous et le cœur bondissant.

Ils auraient pu descendre de l'arbre et poursuivre leur chemin, se contenter de cette vision inouïe. Ils auraient pu résister au désir, à ce besoin fou d'approcher, à cette envie déraisonnable de toucher. Mais non. Germain, comme un écervelé, dégringole de l'arbre à toute allure. Tombé d'assez haut pour s'assommer, à peine sonné, il se secoue, se remet sur ses jambes et attend Jacob qui descend en échelle, branche par branche. Germain s'impatiente.

– Vite, Jacob, pour l'amour!

Au cri de son cousin, Jacob se laisse tomber, sûr d'atterrir sur le mou du sol sableux. Puis ils descendent, les deux innocents, accrochés l'un à l'autre, étourdis, insensés, dans le ravin.

Il pleut. Il fait froid. Le village, la grève, la maison blanche baignent dans cette lumière grise qui rend la journée semblable à une aube qui n'en finit pas. Tu as fait du feu dans la cheminée. Tu lis, immobile, recroquevillée sur le vieux divan de rotin. Les bûches de cèdre dégagent une bonne senteur amère. On entend les cris des goélands qui encerclent la maison. Ils sont furibonds, ces oiseaux-là, quand il fait gris. Je fais semblant d'écrire mais, en fait, je me suis mis à faire ton portrait. Ton profil se laisse dessiner facilement. Le crayon glisse. Naissent alors tes longs cils recourbés, ton nez qui fait toujours un peu la moue, ta mèche de cheveux rebelle, presque transparente, sur ta joue ronde, gourmande. Tu ne te ressembles pas beaucoup encore. J'aimerais que l'enfant hérite de ton profil fier, pur. Soudain, tu as bougé. Alors le croquis devient figé, insensé, absurde. Je souris à tes traits immobiles, faux, sur le papier. Tu te lèves, tu vas ouvrir la porte au chien qui entre en gémissant. Il vient tout de suite mettre son museau mouillé sur mes genoux. Tu me regardes, tu souris et alors je sais pour le livre. Je sais l'immobilité, la déloyauté des mots, leur fourberie. Comme mon croquis de toi, le livre est insuffisant, trompeur. L'enfance est tellement vaste, je n'en dirai même pas la moitié. Aujourd'hui, je m'arrête. Je veux souffler un peu, sentir la maison blanche au présent, être avec toi.

Je viens près de toi, sur le divan. Je te regarde lire, je te contemple, je profite de toi, complètement. Tu tournes une page, un bout de papier glisse sur tes genoux. Tu le prends. Tu le lis, tu souris et tu me le tends. C'est un vieux début de poème qui date de la ville, d'avant notre exil. « Il fait soleil dans l'odeur des sueurs et l'amour étouffe sous les concepts étrangers. » Tu dis : « C'est beau, il faudrait l'épingler quelque part. » Je me lève avec le poème, je viens le piquer sur le mur, près de la table, à côté de la photo, le fameux départ en pique-nique. Tu viens voir. Tu dis : « C'est bien. C'est là qu'il fallait le mettre. » Tu as raison, mon amour : tu es l'origine du poème, la source du livre, la photo qui s'anime. Tu es l'été, tous les étés, passés, à venir. Tu dis : « J'ai faim. Pas toi ? » Alors je t'emmène à la cuisine où nous suit le chien. En déchirant le pain, tu dis : « Il est tout près. Je le sais. Je le sens ! »

Malvina s'en revient de chez Rachel Bédard. Elle a pris le petit chemin qui serpente au bord du lac, bordé de talles de mûriers qui sont à faire leurs feuilles, des petites spirales mauves qui grimpent le long des épines. Le soleil est à son plus fort et la brise, venant du lac, souffle, chargée d'odeurs. Ça sent l'algue, le sable et les pierres moussues. L'eau est encore haute, la débâcle n'est pas si loin derrière. Ma tante s'arrête sur la dame. « Mon Dieu que le cœur me débat, qu'il me débat donc ! Ce qui m'arrive à moi, pourtant, n'est rien, presque rien. Cette pauvre Rachel, le ciel lui est tombé sur la tête, sa tête fragile. La folie la guette, c'est épouvantable ! Alors que moi... » Malvina, tu as le souffle court, tout à coup. Un malaise apparemment sans origine, et peut-être sans fin, te malmène, au détour de ce petit sentier de sable. Tes jambes ne t'obéissent plus, elles sont raides, bloquées comme les roues d'une charrette entravées par une branche. Tes deux mains, comme des oiseaux en émoi, montent, paniquées, vers ton foulard pourtant bien à sa place sur ta tête. Tu trembles, Vina. Tu ne le sais pas mais tu es secouée de honte, de révolte. Un orage au gros soleil. Une rapide tempête de l'âme en plein cœur d'une journée magnifique. Un séisme discret. Le continent va perdre un rocher, sous peu. Un rocher qui deviendra vite une île. Tu ne serais pas moins surprise de voir l'église emportée dans les airs, ou bien l'eau du lac s'ouvrir pour engloutir la route, les maisons. Tu perds la tête, toi aussi. Ou bien est-ce cet oiseau dont tu n'attendais plus l'envol frénétique, vu que tu lui avais coupé les ailes, et qui s'est mis à palpiter, à vouloir quitter sa cage de chair, gagner le ciel? Il n'est donc pas mort, cet oiseau fou, d'avoir frappé, frappé contre ton cœur?

Malvina regarde le lac, le ciel, la tête des arbres. Elle respire un bon coup, l'oiseau s'apaise dans sa cage. « Je l'ai échappé belle », pense-t-elle, sans comprendre. « Maintenant, va falloir être sage. D'abord, passer l'été, accueillir les mariés, les aider à s'installer, leur être de bon secours. Pendant les grandes chaleurs, ne pas laisser le corps s'alanguir, travailler quand même, oublier. L'automne, l'hiver, ce sera plus facile, les journées sont plus courtes. Quand il m'a dit adieu, Sam, caracolant dans l'escalier de la véranda, j'ai su qu'elles seraient longues, les saisons. Mais je n'ai pas su tout le reste. L'égarement d'aujourd'hui, par exemple. Mon Dieu, l'égarement d'aujourd'hui! »

Elle repart, Malvina, ses jupes dans ses mains, à grands pas, comme pour ne pas arriver en retard à la grande maison blanche et vide.

Rachel s'est mise au lit. On se couche et on espère que ce ne sera qu'une maladie, le malheur, que ça s'effacera dans le sang si on reste bien tranquille, bien sage dans ses draps. Veillée par Sylvia qui cuisine une soupe pour sa mère, la chaleur encore vibrante dans son dos, sur ses reins, des bonnes mains de Malvina et, sur la table de chevet, les gouttes de valériane, Rachel Bédard attend. Elle s'efforce de croire au mal physique, à la fatigue. « Le docteur va venir, tout va s'arranger. Le corps est un temple de sagesse, il suffit de l'exorciser et alors les nerfs, les veines se rebranchent sur le grand courant, on vit encore. Si je pouvais dormir, seulement dormir! Si je pouvais, en fermant les yeux, cesser de les apercevoir tous les deux, couchés dans la savane, cesser d'entendre leurs rires endiablés! »

Elle a fermé les yeux. Cette fois, c'est de la magie pure : elle plonge, Rachel, vertigineusement, elle fait un grand saut dans le vide. Tout s'absente autour d'elle, sa tête se désemplit : elle va dormir, enfin, Rachel Bédard.

Avec les jumelles de l'oncle Sam que tu as dénichées dans le gros coffre, au grenier, on observe les oiseaux sur la grève. Ce matin, il y a le pluvier à collier qui court aussi vite qu'il vole et qui donne des coups de bec dans le vide, comme une mécanique détraquée. Un grand héron qui, lui, ne bouge pas. Ancré un peu au large, il guette sa proie, sans doute une petite carpe argentée que le soleil trahira. Deux sarcelles zigzaguent, on dirait qu'elles dansent sur l'eau. Leur envol bleu ciel te fait pousser un « Oh! » enchanté, comme un roucoulement. Soudain tu scrutes le ciel vide, tu balaies l'horizon et, cap sur la montagne, les jumelles s'immobilisent. Tu me touches de ta main libre et tu dis : « Qu'est-ce que c'est? » Je viens mettre mes yeux où étaient les tiens. La montagne tremble dans le halo des longues-vues. Je stabilise ta main et je vois tout de suite, comme s'il venait vers moi, le trou de fée. Je te redonne les jumelles et, pendant que tu fixes l'entrée de la grotte, je t'explique. J'y suis descendu, une fois, avec le grand Gilles. Le métis m'avait dit : « En bas, c'est le centre de la terre. On descend, on passe un jour complet dans la terre et quand on remonte, on est lavé de l'âge, du temps, du pourrissement. » Tu dis : « C'est vrai? » Je ne sais pas. Je me souviens seulement de ce que j'ai dit au grand Gilles, une fois remonté à la lumière : « J'ai une âme. Je sens que j'ai une âme! Une âme prise dans mon corps, pas une âme de catéchisme! » Il avait alors répondu : « C'est l'âme de la terre qui te l'a donnée. » Tu dis : « C'est tout? Mais c'est inouï! » Tu me regardes avec tes yeux de découvreuse. Je ne sais pas comment te faire comprendre. Elles étaient si simples, toutes ces sensations révélées par le métis. Mon enfance en est pleine. Ce n'est qu'avec le temps qu'elles sont devenues occultes, inexplicables. Je n'imaginais pas, alors, tout comme le grand Gilles, qu'un jour je me surprendrais à m'étonner de mes souvenirs, qu'un jour je serais devenu insondable, moi aussi, prisonnier des sortilèges. Tu me presses de questions. Tu veux savoir comment c'était dans la terre, ce qu'on y voit, si c'est noir, si c'est froid. Je dis : « Tu étouffes, d'abord, tu luttes avec une peur obtuse. Peur des insectes, peur des racines, sans doute la peur de la mort. Et puis, après un bout de temps, tu te sens invulnérable, fortifié par l'éternité des pierres, tu es sûr que plus rien ne te fera jamais peur. » Tu me regardes comme si tu ne me connaissais plus. Je suis habitué, hélas, à ce regard. Il m'a blessé longtemps. Au collège, à chaque fois que je me mettais, intarissable, obsédé, à raconter mes expériences avec le grand Gilles, j'avais droit à des têtes penchées, à des yeux incrédules, parfois même à un mépris clair. Mais ton regard à toi est bienveillant, plus risqué, aventureux. Alors je te parle longuement de cette journée, de mon voyage au fond du trou de fée. Mon corps retrouve à mesure les émotions, l'envoûtement, cette sorte d'éveil frissonnant des cellules, le vertige effrayant de te découvrir abîme, gouffre, toi aussi, de te savoir périssable et en même temps éternel, de te savoir vivant. Et puis, tout à coup, tu sais. Tu sais que tout continue à vivre, que les morts sont des racines, que l'âme s'est réfugiée dans l'argile, qu'elle attend, qu'elle vit toujours. Tu sais que tu es simplement aveuglé, que les esprits ne cessent pas de te parler, de vouloir te toucher, tu sais qu'il n'y a pas d'arrêt, pas de mort, que tu ne peux rien décider parce que ça se décide tout seul, que la terre est ronde comme une balle, qu'elle ne te laissera pas t'en aller, qu'il n'y a pas d'ailleurs. Tu sais qu'il vaut mieux faire comme les animaux et garder ta confiance, développer ta fraternité avec le monde, c'est la seule voie. Ne pas te séparer des forces de la vie, accepter la maternité de la terre, tu sais que c'est ça, le salut.

Je m'arrête, essoufflé. Je me rends compte que mon envolée t'a rendue grave, solennelle. Tu hoches la tête mais je sais que tu es très sérieuse quand tu dis : « Je veux y descendre. Je veux que l'enfant sache, lui aussi. Je veux qu'il naisse confiant, lui aussi, protégé. » Tu braques à nouveau les jumelles sur la montagne pour apercevoir un faucon pèlerin qui plane au-dessus des pins.

Bien sûr, ils ont suivi Sam. La Buick s'est engagée dans un chemin de terre, derrière le camion. Lentement cependant, à cause de la poussière. Ils doivent souvent s'arrêter, attendre que retombe la nuée aveuglante sur la route. Heureusement qu'ils l'entendent, le camion. Ils avancent, pour ainsi dire, par oreille. Gertrude est inquiète. Son visage a pâli, poudré de sable.

– Mais où est-ce qu'y va comme ça, veux-tu me dire?
– Je sais pas. A moins qu'y cherche à...
– A quoi?
– Rien, rien.

Il n'ose pas dire, Maurice, ce qu'il redoute. La poussière est retombée, la Buick repart, fonce à la poursuite du camion dans une campagne inconnue, hostile, vu les circonstances. Ils n'ont pas à aller très loin. Le camion est là, tout à coup, à moitié dans un fossé, dans le détour du chemin qui tournait brusquement. La Buick s'arrête.

107

Ils descendent, les mariés, pour voir. Rien ni personne. Une des roues du camion tourne encore dans le vide, comme activée par l'haleine du diable.

– Là, dans le champ!

Encore une fois, c'est Gertrude qui l'a aperçu la première. Sam court, il essaie de courir, il caracole au milieu du champ, il enfonce dans les sillons boueux. On dirait qu'il veut aller vers cette grange au fond du champ, une espèce de vieil abri délabré qui prend le jour de partout.

– Viens!

Le jour de leurs noces, déjà peu communes, les voilà qui sautent une clôture à vaches, lancés à la poursuite d'un pauvre diable au bout de son rouleau et de son whisky blanc.

– Mais où est-ce qu'y va, pour l'amour?

Ce ne sera pas facile d'arrêter Sam, de le raisonner, de le ramener à la maison blanche. « Et puis », me dira Gertrude plus tard, quand ma curiosité sans fond la mettra dans tous ses états, « avec un homme en boisson, on fait pas ce qu'on veut, c'est capable du pire! »

Sam est entré de peine et de misère dans la vieille grange. Ils restent là, les mariés, au beau milieu du champ, de la boue jusqu'aux mollets. Au bout d'un moment, ils entendent une plainte épouvantable. Ils se mettent alors à courir vers la grange en enfonçant dans les labours.

Cet après-midi, devant le bureau de poste, dans la voiture, je t'ai parlé du marchand général, celui qui m'avait ramené à la maison blanche après ma première fugue. Et puis nous sommes entrés chercher le courrier. Il était là, le marchand général, un colis à la main, vieilli, grimaçant. Il nous a salués, je suis resté blanc de stupeur. Il nous a regardés longuement, puis il t'a dit à toi : « Excusez mon sans-gêne, madame, mais c'est que j'ai cru que j'avais la berlue! C'est comme si je revoyais son père et sa mère à lui. Vous avez la même fierté, le même air fantasque, tous les deux. Excusez-moi encore. » Puis il est sorti. Tu m'as regardé. Je crois que j'ai souri mais je trouvais que c'était un peu fort. Non, pas fort. Bouleversant, redoutable, oppressant. Tu m'as embrassé et tu as dit : « C'est le livre, c'est normal, tout arrive. »

Je ne sais pas pourquoi mais le soleil m'a sauté au visage à la sortie du bureau de poste. Le soleil ou bien une très ancienne braise, toujours inconnue et qui remontait de très loin, comme une poussée de fièvre. Mais j'y pense : est-ce qu'il n'a pas regardé ton ventre, le vieil homme? Mais oui, ses yeux fixaient ton ventre, j'en suis sûr. Ce coup de sang au visage, c'était ça. C'est l'enfant qui est visible sur toi, sur ta peau. C'est l'enfant qui vient.

Pour ce qui est de la ressemblance, il a raison, bien sûr, le marchand général. Mais ça, nous le savions déjà.

Elles marchent, toutes les trois, dans la cour du couvent. La première face à la deuxième et à la troisième. Elles vont et viennent, avançant, reculant. On dirait deux petits bataillons inégaux, alignés pour un combat qui ne se décide pas à commencer. Et elles parlent, elles parlent! On n'entend pas ce qu'elles disent à cause des cris des petites filles qui jouent au ballon chasseur dans la cour. De temps en temps, une fillette, les cheveux en broussaille, les joues rouges, s'approche de la première ou de la deuxième, ou encore de la troisième, pour dire : « Excusez-moi, ma mère, mais vous marchez sur le jeu! » Alors la première hausse les épaules, souriante, trop sûre de sa trajectoire immuable pour daigner prendre la peine de se déplacer, tant pis pour le jeu de ballon. Quant à la deuxième, elle ouvre grands les yeux, regarde la fillette et dit : « Mais vous avez toute la cour, mademoiselle! » Et elle fait, avec ses bras, un grand signe pour montrer l'espace, tout l'espace qu'il y a, là-bas, pour jouer. La troisième, elle, rit, la main devant sa bouche. Elle la trouve si drôle, la petite fille qui pousse, qui tire sur les jupes des petites sœurs! Et puis elle a bien raison, l'enfant. Une cour, c'est fait pour jouer. C'est sacré, la récréation, c'est sacré!

Les jambes à leur cou, ils dévalent la pente du ravin, les deux innocents. La mère ourse rugit derrière eux en abattant vieilles branches et sapins sur son passage, dans un grand bruit furieux. Vite, Jacob est grimpé dans l'arbre, s'écorchant la peau du ventre et des cuisses.

Germain, lui, court toujours en direction du marais, à perdre haleine. La mère ourse passe (Jacob retient son souffle dans l'arbre) puis elle glisse, tombe et déboule la grosse crevasse en mugissant, un cri féroce qui s'en va résonner contre les parois du ravin. Tout de suite après c'est désespérément silencieux dans le bois. Seules frémissent les feuilles de l'arbre dans lequel est perché Jacob qui tremble. Après ce qui lui semble être une éternité et sans avoir repris son souffle, Jacob hurle : « Germain, vis-tu encore? » Et c'est l'écho qui lui répond : « Vis-tu encore... tu encore... core... » Fou de détresse, Jacob a fermé les yeux et, sans force, il se laisse tomber. Une douleur vive, dans son genou gauche, le réveille. « Non, non, pas ça! Miséricorde, pas ça! »

A force de louvoyer, sans allure, épuisé par la nage, sentant monter en lui la panique, ses pattes de devant ramollies, vidées de leurs nerfs, le chien du garagiste rebrousse chemin en chialant. Au moment où ses pattes de derrière touchent le fond, il se laisse aller d'un coup, plongeant sa tête sous l'eau, son museau coulant à pic. Puis il resurgit, étouffé, et vient s'écraser sur la grève, à demi mort. De là, il peut encore apercevoir le chat roux, tous ses poils au vent, assis bien nonchalamment sur la pince avant de la chaloupe qui gagne le large. Le pêcheur, en l'occurrence Aldéric Guindon, ne l'a pas vu sauter dans la barque. Habilement, le chat s'était dissimulé sous une toile, patient, sûr d'avoir bientôt sa chance de déguster une petite perchaude bien huileuse dès qu'Aldéric aura le dos tourné.

Le chien n'a plus de souffle, plus de rage, plus rien. Il fixe la chaloupe sans aucune émotion. Il regarde disparaître l'éclair roux qui a plongé au fond de la barque, sans pouvoir se souvenir de ce qui a bien pu le fasciner tout à l'heure chez cet énergumène de chat, cette pauvre bête aussi seule que lui. Il n'y a que lorsque je serai devenu son ami qu'il cessera d'être désespéré, fou, qu'il cessera d'être seul et d'avoir peur, le chien du garagiste. Ce sera la fin de sa vie sans destin et au hasard. Il saura, alors, qu'il n'a rien perdu pour attendre. Ni moi non plus.

Sans qu'on l'ait senti venir, le vent s'est mis à souffler, à déménager de gros nuages qu'on dirait joyeux tellement ils filent vite, s'enroulant puis se déroulant comme des balles de laine échappées d'un gigantesque dévidoir. Ce sont des nuages d'orage encore inoffensifs et qui font de grandes ombres mouvantes sur les champs. Il doit être quatre heures de l'après-midi à en juger par les silhouettes obliques des arbres à l'orée de la commune. Si on écoute bien, on peut se laisser charmer par une musique très belle que fait le vent du sud, vent qu'on dit mauvais, avec les aiguilles de pins. Ça chante sans air et, si on veut trop l'entendre, elle s'arrête, la petite musique, et vous n'avez plus que du vent dans les oreilles. Moi, je l'entends. Elle me bouleverse la respiration, cette musique-là, elle... Mais je veux aller trop vite. C'est que ce vent qui chante me nargue au fond de mon néant. Disons qu'il me réveille avant l'heure pour me donner une petite idée. Je sais bien, si je le suis, où il m'emmènera. Déjà, nous passons au-dessus de la maison blanche, lui et moi. La petite musique s'est tue. Soudain je me mets à tourbillonner, le vent joue avec moi et c'est pareil à un petit cyclone que je force la fenêtre de la chambre claire, que je fais voler les rideaux, que je tombe sur le lit, étourdi. Le lit. Ses beaux montants de chêne, sculptés de feuilles de vigne grandes ouvertes, dont les veinures prennent la lumière et la conduisent jusqu'aux beaux oreillers brodés. Et c'est là que je leur viendrai, d'abord dans un souffle, comme la petite musique. Et après, ils m'inventeront tout à fait, en prenant bien leur temps.

Le vent fait claquer la fenêtre et me voilà retourné dans mes limbes, à languir. Je vais manquer cet orage. Tant pis. Il y en aura d'autres et de plus beaux.

Elle rêve, Rachel Bédard. Immobile dans son lit, sous deux épaisseurs d'édredons et pourtant elle est debout au milieu de la savane avec la sauvagesse à Léopold qui la dévisage comme une apparition. « Va-t-en, crie Rachel, va-t-en donc, maudite! » Mais elle ne s'en va pas, la sauvagesse. Au contraire, elle entreprend de se déshabiller, une à une les peaux glissent dans l'herbe, découvrant son corps noir, sa chair d'ébène, sa nudité de sorcière. « Tes dents, tes maudites dents qui brillent! » L'Indienne ne fait pas attention aux paroles de Rachel, à ses insultes hurlées pourtant. Elle sourit, elle les montre, ses dents luisantes. Elle est belle, dangereusement belle. Voilà qu'elle s'étend dans l'herbe, sa peau fait avec les feuilles un beau bruit soyeux qui s'achève en déchirure, libérant l'odeur droguante de sa sueur de femme à tout le monde, sueur de femme libre née pour l'amour maudit. L'Indienne a ouvert les jambes. Tout l'éclat du soleil se réfugie entre ses cuisses qui flambent. Son sexe est de braise, il rougeoie au milieu d'elle, il appelle, il est l'enfer, il va consumer Léopold qui s'approche d'elle en soufflant comme un animal fou. « Non, crie Rachel, vas-y pas! Elle veut ta mort, la sauvagesse! C'est le diable, Léopold, le diable! » Le cri de Rachel a fait fuir l'Indienne, Léopold et le feu dans l'herbe. Il n'y a plus que le vent, tout seul, sur la savane et puis ce rond d'herbes couchées par leurs corps maintenant disparus. Mais elle reviendra, la sauvagesse, Rachel le sait bien. Une sorcière c'est une sorcière, on ne peut rien y faire. Ni scapulaire ni rameau béni n'en viendront à bout. Elle reviendra, avec sa peau luisante, ses dents trop blanches et son odeur empoisonnée, la sauvagesse.

Tu es montée sur la galerie, tu regardes par la plus grande fenêtre, une main au-dessus de tes yeux. Je te crie, du chemin : « Viens, y a rien à voir! » Mais tu ne bouges pas. Tu sembles avoir aperçu quelque chose dans la maison des Bédard, la maison hantée, comme on l'appelle, au village. Soudain tu cries : « Viens voir! » Ta voix est inquiète. Je soupire et puis je monte te rejoindre sur la galerie. Je regarde. Un vieux divan de velours, taché de moisissure, une table jonchée de débris de plâtre. Au mur, un calendrier représentant un Jésus qui dévoile son cœur rayonnant. C'est tout. Une lumière comme vieillie, ambrée, baigne la pièce. Tu dis : « T'as vu l'année sur le calendrier? » Je regarde à nouveau. Les planches de la vieille galerie craquent sous nos pieds. Je vois 1957 tout en haut du calendrier. Les chiffres, finement travaillés, font un demi-cercle, épousant la forme de l'auréole au-dessus du Jésus en extase. Je te dis : « Ils ont quitté la maison cette année-là. » Tu sembles oppressée, on dirait que tu veux te délivrer de quelque chose. Sans réfléchir, tu dis : « Tu étais né? » Je réponds, pour te faire rire : « Non. Je suis né il y a deux ans, un hiver, quand je t'ai rencontrée. » Mais tu ne ris pas. Alors je dis : « J'avais dix ans quand ils sont partis. » Tu me regardes, troublée. Tu redescends les marches, tu t'arrêtes à la petite barrière qui gémit sous la poussée de ta main. Je te rejoins, je te demande ce que tu as. Tu dis que tu n'as rien. Que, tout simplement, ça t'a fait drôle de voir ce vieux calendrier, ce chiffre intact, attardé, obsédant. Tu t'assois par terre, tu respires un grand coup et tu parles. Cette pièce, ce musée triste, ce calendrier où le temps est arrêté, tu dis qu'ils font revivre une vieille morbidité. Tu me confies une ancienne peur, une peur d'enfance, récurrente, une vision de cauchemar.

– Quand je faisais de la fièvre, je regardais les objets dans ma chambre, les bibelots, un rameau béni au-dessus de la porte, le calendrier, mes jouets. Je me disais : eux, ils sont éternels, ils vont me survivre. Je vais mourir et les objets, fantasques, immortels, vont rester. Alors, ils se mettaient à danser, ces objets, à faire la farandole dans la chambre où déjà, moi, je n'étais plus. J'étais tombée au fond de l'abîme, disparue!

Tu t'arrêtes, essoufflée, pâle. Puis tu me regardes et tu dis : « Cette maison, je n'aurais pas dû. Tu vois, j'ai parfois des curiosités malsaines, moi aussi. » Je ris et je dis : « Toi aussi? » Tu ris à ton tour, tu respires amplement. Je referme la petite barrière qui se plaint. Nous marchons vers la grève. Je sais bien, mon amour, que je ne suis pas tout seul à être parfois irrésistiblement attiré par les paysages hantés. L'enfance, inextricablement, mêle la vie et la mort, l'éphémère et l'éternel, les chambres tristes et les jardins merveilleux. Je pense, sans te le dire : « Lui aussi, il sera hanté. Nous le sommes tous. Tous tissés à même les fibres d'un temps et d'un espace habités avant nous et après nous, tous imaginatifs, tous visionnaires. Nous sommes tous mortels. »

Tu m'embrasses en me renvoyant au livre et tu vas courir sur la grève, délivrée. C'est cette brusquerie, cette sauvagerie tranquille, c'est cette hâte vers le bien-être, chez toi, qui me hante maintenant et pour toujours.

Le ciel s'est couvert. Déjà, au sud, des traînées de pluie, irisées de soleil par-dessous, tombent, obliques, sur des champs inconnus. Des éclairs percent les nuages. Silencieux pour l'instant, ils viennent glisser sur le toit de la vieille grange délabrée, comme des signaux de détresse. Gertrude et Maurice sont entrés en tremblant et se tiennent, enlacés, immobiles, sur le pas de la grosse porte qui a grincé. Là-bas, dans le foin, sous la voûte des poutres, un monde étrange s'éclaire, prend forme à mesure que leurs yeux s'habituent à l'obscurité de la grange. Ils aperçoivent d'abord un lit, à même la paille, avec des couvertures et aussi un édredon que Gertrude reconnaît puisque c'est elle qui le lui avait envoyé, à Sam, aux fêtes d'il y a cinq ans. Au pied du lit, un cercle de pierres brûlées, une sorte de foyer recouvert d'une plaque d'amiante trouée, pour laisser passer la fumée, et d'un tuyau qui file, en se tordant, vers le toit ajouré. Et puis, entassées les unes sur les autres, des boîtes et des boîtes de conserve de toute sorte, sur une façon d'étagère au mur. Et, là-bas, au fond, massif, reluisant, monstrueux : l'alambic. Un gros tonneau gréé de tuyaux de caoutchouc et de cannes de fer-blanc, flanqué d'un petit moteur de machine agricole. Mon père et ma mère se regardent, ahuris. « Mais, mais... », marmonne Gertrude. Maurice, lui, ne dit rien. Lentement, il s'approche, et c'est lui qui découvre Sam, étendu dans le foin, ronflant et tenant serré dans sa main droite le goulot d'une bouteille vide. Gertrude s'est approchée aussi. « Mon doux Seigneur, j'peux pas croire », dit-elle. Maurice regarde tout autour, cherche, fouille et trouve un pot de café en poudre.

– Fais du feu, mon amour, on va le réveiller!

Gertrude relève encore une fois sa robe de mariée, sa pauvre robe déchirée maintenant, tachée de boue. Elle entasse des planches dans le foyer, empoigne les allumettes humides et s'agenouille pour trouver des brindilles. Dehors, la pluie tombe dru. « Tu parles d'une journée, Seigneur! » dit Gertrude. « Je t'aime, ma femme! » crie Maurice qui s'arrête une seconde de secouer le pauvre Sam pour sourire à sa femme.

Elles sont toutes les trois à genoux et les petites filles avec elles, entassées dans la minuscule chapelle du couvent. Elles prient. Les voix sont tremblantes, apeurées.

– Doux Jésus, protégez notre couvent!
– Doux Jésus, protégez papa, maman!

Alors le premier coup de tonnerre cogne, en même temps que l'éclair, et vient fracasser l'arbre qui tout de suite se met à flamber et s'écroule, à moitié dans la cour de récréation. La première dit : « Merci, mon Dieu! » et se relève pour allumer les cierges. La deuxième soupire très fort en fixant l'arbre carbonisé. Elle ne dit rien, elle a trop peur encore. La troisième s'est évanouie et les petites filles autour d'elle s'agitent : « Ma mère, ma mère, vous êtes en vie, c'est tombé sur l'arbre, rien que sur l'arbre, ma mère! »

Le grand Gilles est debout, les bras écartés, la tête piquée dans le commencement du ciel. Il est nu, magnifique sous les éclairs. Plus tard, au cours d'un orage semblable à celui-ci, il me dira : « Enlève tes vêtements, mets-toi tout nu sous la pluie et tu verras : plus rien d'étranger, plus rien de têtu ne restera en toi!» Et il sourira vertigineusement de ses prunelles insensées, dilatées jusqu'à lui faire des yeux de chat-huant.

Malvina a fermé la fenêtre de la chambre claire, elle se laisse tomber sur le lit. Elle a grimpé l'escalier si vite! Maintenant, la pluie aura beau fouetter, foncer de toutes ses forces avec le tonnerre et les éclairs sur la maison blanche, se déchaîner tout son saoul, la chambre est protégée, immunisée. Ma tante n'a pas peur de l'orage. La voilà qui monte au grenier, qui grimpe l'échelle, qui retourne à ses images, aux photos de Sam, pour le préserver lui aussi, le sauvegarder de l'orage. « Samuel, mon grand fou, faut pas qu'y t'arrive malheur! »

Elle disait : « Je suis découragée de tout. Depuis que ton père et ta mère sont partis et ensuite toi, j'ai plus la force de rien, si tu savais! Tout ce qui me reste, c'est cette maison, avec ses beaux souvenirs, ses terribles souvenirs aussi. Je te la laisse. Fais-en quelque chose de gai, tu peux encore, toi. » Sa main tressaillait sur le drap. Ma tante allait mourir, emportant avec elle son grand rêve de santé, de beauté et de grâce. Elle me léguait l'avenir, la lumière, la chance : la maison blanche. La chambre du bas, celle qui donne sur la cour, sa chambre d'agonisante, Vina m'a supplié de la condamner. Elle disait : « Laisse ma chambre comme elle est,

119

ferme la porte, c'est tout. En passant devant, pense à moi, ça me fera du bien. Dans toutes les autres pièces, tu laisseras entrer la lumière, pour laver le passé. Je t'en supplie, mon neveu, vis, toi, tu le mérites tellement! »

C'était en novembre dernier. J'allais faire de courtes promenades sur la grève. J'avais tout perdu, je retrouvais tout, mais trop tard. Une mousse noirâtre était apparue sur les galets. L'air sentait le *marigold,* la vase, la fin de la vie. Il ventait si fort qu'il me semblait que le vent fou allait emporter, avant même que je les reconnaisse, la grève, la maison blanche, ma tante fragile, la chaloupe, le quai. Je désirais, par moments, qu'il emporte tout, le vent, qu'un cyclone surgisse, qu'il vienne saccager, anéantir le village. Je voulais n'importe quoi, l'horreur, un cataclysme, tout sauf cette mort trop lente, injuste, dans la chambre sombre. Je m'en voulais à mort d'avoir été si longtemps parti, de ne plus rien pouvoir. J'entrai à nouveau la voir. On aurait dit qu'elle avait encore maigri en une heure, dix minutes, qu'elle maigrissait à vue d'œil encore. Ses yeux restaient fermés, ses paupières vibraient, ses lèvres, immobiles, entrouvertes, laissaient passer un râle, un reste de souffle. Le docteur avait dit : « Je peux rien faire, c'est elle qui veut pas. » Puis il s'en était allé en haussant les épaules, son gros pas lourd de vivant dans l'escalier. Elle est morte au matin. J'ai ouvert la fenêtre. La brise a soufflé sur les dentelles, les fleurs séchées, faisant se lever une poussière d'ancien temps, les émiettements de sa mauvaise étoile.

Tu es venue avec moi au cimetière. Depuis que je te connaissais, la mort n'avait plus de prise sur moi. Mais j'étais fatigué, vide. Tu te rappelles, tu m'as retenu de

120

frapper le nouveau curé qui s'était mis à parler de vie éternelle, de repos, de béatitude. En revenant à la maison blanche, j'ai fermé la porte de sa chambre, comme elle me l'avait demandé. Nous n'y étions jamais entrés avant ce matin.

Tu me précèdes dans la pièce obscure qui sent le camphre. Tu fais comme j'avais fait : tu ouvres la fenêtre. Mais, cette fois, du soleil entre à foison, le vent s'engouffre dans les rideaux. Un vent qui sent le sable et l'eau. Je te rejoins près de la fenêtre. On regarde ensemble le lit, l'armoire de sapin, gardienne des trésors de ma tante, ses photos, ses lettres, ses dessins que j'ignorais. Des arbres. Rien que des arbres, tordus ou droits, immenses, des peupliers surtout. Nous examinons tout, nous exhumons tout. Nous sommes, aujourd'hui, des profanateurs exorcisés, pardonnés. A la fin, tu dis même : « Ce sera sa chambre. » Je ne bronche pas. Bien sûr, tu as raison. C'est ce qu'elle voulait, Vina, quand elle a dit : « Cette maison, fais-en quelque chose de gai. »

Tu t'étends sur le lit. Je viens près de toi. Tu enlèves ta robe. Tes beaux bras, au-dessus de ta tête, comme un geste de cérémoniante. Le vent souffle sur nous, libre, évadé. Elle est contente, Malvina, j'en suis sûr. Contente qu'on soit comme ça, passionnés, acharnés magnifiquement à faire l'enfant chez elle, sur son lit, et avec ce bon vent qui entre par sa fenêtre, qui vient sécher à mesure notre sueur. Je ferme les yeux pendant que je bouge avec toi et je me retrouve dans le torrent où, enfant, j'allais si souvent, seul, le torrent de la petite rivière aux tortues. Et c'est, aujourd'hui, avec toi, comme c'était au milieu du courant. En tendant les mains devant moi, je fais dévier, cascader une eau brûlante. Mes gestes conduisent l'eau, la braquent sur mes reins, mes cuisses, mon ventre. Saura-t-il, notre enfant, qu'il a d'abord été ce poisson qui remonte le courant, ce rapide frisson d'argent pur entre les deux eaux d'une rivière, sa mère, toi?

Le chien du garagiste attrape l'orage, debout sur la plage, la tête penchée, la gueule toute croche, ses poils tapés, lissés par la pluie. Il est si seul, si désemparé sous l'averse immense. Soudain, il regarde vers la maison blanche. Commence-t-il à deviner que je m'en viens au monde, que les orages ne seront plus furieux comme celui-ci, jamais? Que la pluie ne sera plus démentielle? Que les mauvais coups du hasard ne lui ôteront plus le goût de courir, de lever le museau vers des caresses anonymes si vite métamorphosées en coups de pied, en vives douleurs? Je l'apprivoiserai, certes, le chien du garagiste. Ça prendra du temps et il connaîtra un certain bonheur, mais pourra-t-il s'abandonner totalement, comme l'a déjà voulu son âme de bête faite pour l'homme, plus sûrement pour l'enfant de l'homme? Trop sauvage et trop soupçonneux, trop longtemps malmené par la vie, il se laissera caresser, il obéira, il rapportera le bâton, mais il y aura toujours, dans son regard, ce tourment qui me fera l'aimer plus que tous les chiens tranquilles qui viendront après lui.

Louis va fermer boutique. Avec les autres hommes, il va se rendre au couvent des sœurs, porter secours. « Il était beau, ce coup de tonnerre, pense Louis, il a pété comme un coup de canon allemand, français ou japonais. La guerre, ça devait être comme ça : un orage perpétuel, le ciel qui tonnait, les hommes qui flambaient comme des torches, comme l'arbre du couvent. J'en serais pas revenu, moi, de la guerre, ça c'est sûr! » Et il sourit, Louis. Sa moustache fine, sa moustache à la Hitler, s'étire au-dessus de ses lèvres fines, à la Tino Rossi.

Il enfile son capot de pluie et part en courant. Au moment où il traverse la grand-rue, un éclair phospho-rescent, une vraie boule de feu, fait trembler le ciel noir au-dessus de lui. Louis s'arrête, se recroqueville, attend le coup de tonnerre qui ne vient pas. En se relevant, il pense : « J'y serais resté, moi, sur le champ de bataille, y a pas de doute. Mort ou fou, mais j'y serais resté! »

Jacob est mort de peur. Il grelotte, assis sous un chêne, son genou brisé entre ses paumes.

– Germain, grand chat, où c'est que t'es?

L'écho du ravin ne lui répond même plus. Le tonnerre roule déjà plus au sud et le ciel se déchire doucement à l'ouest. Un rayon de soleil traverse la brume du sous-bois et vient jusqu'à lui. Alors, Jacob se lève, sur ce petit signe d'espoir. Il ne sent presque plus la douleur dans sa jambe. En s'agrippant aux branches basses, Jacob entreprend de descendre au fond du ravin. « Il faut qu'il soit vivant, il le faut! » Mais déjà il s'énerve. Sa main maladroite, éperdue, attrape une branche morte qui casse et Jacob tombe, déboule, dévale la pente de la crevasse. La douleur reprend possession de lui une seconde, aiguë, intolérable, et c'est à nouveau les limbes, le néant mouillé, le fond du ravin. Avant de perdre connaissance tout à fait, il a le temps d'apercevoir, flou, irréel, le marais anglais.

« Nous autres, me dira plus tard Maurice, mon père, on pense vivre sa vie à soi, avec ses montées pis ses descentes essoufflantes. Mais non! Bon gré mal gré, on est comme des fourmis dans leur tanière : un destin, un seul, à se diviser, comme le pain bénit! » Il sera solennel et emphatique, Maurice, de temps en temps. Mais il aura raison, bien sûr.

A l'heure qu'il est, moi, je suis encore dans les limbes. Les limbes! C'est ainsi qu'ils disent, au village, pour tenter de nommer cet espace et ce temps d'avant la vie où je suis. Petit œuf vide encore, lové dans le ventre de Gertrude, j'attends. J'attends l'amour de mon père, son éclair, la fécondation, comme on dit. Les limbes, c'est aussi l'après de la vie, quand on meurt trop tôt, c'est-à-dire avant le baptême. Et parfois, le pendant, quand on perd connaissance, une sorte de coma, si on veut. C'est dit dans le petit catéchisme, c'est parole sacrée. Mais pour moi, c'est un innocent ciel rouge déjà de chair, bien avant la peau et les organes. Tout est chair avant même d'être chair, voilà comment c'est. Les limbes, c'est ce gros œil de sang par où je vois tout, infiniment attentif, vivant. Je me prépare à avoir des os, des nerfs, des rêves, une pensée, une peau tissée serrée, peau à frissons, la peau de ma mère, un cœur pour les joies et pour les douleurs. Ma tête sera d'abord plus grosse que mon cœur, mais ça ne durera pas. Il grossira, le cœur. Oui, je serai d'abord ce petit têtard fragile, cette grosse cervelle en spirale, nageant dans un lac de sang qui me nourrira, immobile parce que trop rapide. Je suis déjà commencé, bientôt je serai cette minuscule grenouille un peu bizarre, ce petit bourgeon éclaté, ce voyageur de sang et de lumière.

Mon amour, la chambre claire est prête. Elle m'attend. Elle attend l'enfant. La fenêtre est grande ouverte sur un ciel lavé par l'orage. C'est la fin de l'après-midi, le moment que tu préfères. Viens. Le livre attendra. Je le reprendrai après. A l'heure entre chien et loup, je m'y remettrai.

La brunante

Dans le hangar, on trouve le vieux canoë de Maurice, son canoë d'écorce fabriqué par Lewis Roussin, un Iroquois de l'anse. L'embarcation n'est pas délabrée du tout, légère, à deux on a vite fait de la transporter sur nos épaules jusqu'au lac. Tu avironnes dans la pince avant, moi dans la pince arrière. Je tâche de retrouver les gestes, la souplesse, le ballant. Le creux de ma paume s'adapte bien, mon bras gauche s'allonge facilement, mon bras droit plonge. On avance en douceur. Tu attaches tes cheveux, la brise est forte. Un gros nuage cache le soleil qui chauffe quand même. Nous glissons vers la grande baie. Ta tête tournevire, tu suis la trajectoire soyeuse des nénuphars de chaque côté du canoë. Les joncs nous frôlent en sifflant comme des couleuvres. A fleur d'eau, les petites carpes argentées zigzaguent, affolées par l'ombre des avirons. Un serpent d'eau se faufile le long de ma rame, s'arrête et me fixe de son gros œil menaçant, pailleté, pareil à un bouton de zinnia. Nous faisons lever deux pluviers qui nous tournent autour en criant pour nous éloigner de leur nid. Le sable blanc de la baie est comme une tranche de soleil posée sur la tranche noir-bleu des vagues. Tu te tournes, tu me souris en tenant ton aviron levé comme un étendard. Je lève le mien, nous nous saluons, immobiles. Puis nous dérivons un peu. Tu laisses ta main sillonner, tu cueilles un peu d'eau au creux de ta main, que tu lances en l'air : ce sont des diamants qui vont danser entre le soleil et toi et qui retombent en perles mates, crevant la surface de l'eau noire. Je plonge l'aviron pour toucher le fond. Nous approchons du trésor. A environ deux cents pieds de la grève, entre le gros saule et la talle de mûriers, je saute à l'eau en poussant un cri d'Apache de cinéma. Tu es éclaboussée, tu secoues la tête, tenant toujours ton aviron en l'air. Je viens prendre la pince avant du canoë et je le tire jusqu'à ce que mon torse émerge de l'eau. Alors je plonge. Je n'ai pas dix brasses à faire, elle est là, elle n'a pas bougé, à peine un peu plus habillée d'algues, remplie de sable et d'huîtres, la cloche de l'église. Je remonte en flèche. Tu me regardes comme si j'étais un noyé qui revient. Je te dis : « Plonge, je tiens le canoë. » Tu t'élances, tu as ton beau plié qui me rend jaloux, tu plonges souplement, sans faire revoler l'eau. Je plonge à mon tour. Je prends ta main, nous nageons jusqu'à l'épave. Sous l'eau, tes yeux sont plus grands, plus étonnés. Tu remontes respirer un bon coup puis tu replonges. Tu viens toucher, caresser le vermoulu d'algues autour du gros battant de bronze rouillé. Tu me regardes à travers nos bulles. Nous remontons. Agrippés au canoë, on souffle. Haletante, tu dis : « Explique-moi. Cette cloche, qu'est-ce qu'elle fait là? » Je t'explique, sans prendre le temps de respirer assez : « Quand l'église a brûlé, deux Iroquois, en fait les deux incendiaires, ont volé la cloche et sont allés la noyer au bout du quai. La cloche a voyagé avec le courant, elle est venue s'échouer dans le sable, ici même. Tu te rends compte? Elle était venue de Rome, cette cloche-là! » Tu ris si fort que je ne sais pas si tu me crois. Je t'aide à remonter dans le canoë. Le soir tombe, nous avironnons vers la maison blanche. De temps en temps, tu te retournes et alors je reçois ton rire de face, franchement.

En débarquant, tu as toujours tes yeux narquois et tu me dis : « J'espère qu'il sera aussi merveilleusement fou que toi, notre enfant. » Je suis un peu vexé, je te dis : « Mais la cloche, c'est vrai. Le jour où je l'ai trouvée, Sam m'a raconté l'histoire. C'est vrai! » Tu dis : « Je te crois, je te crois! » Et tu ris de plus belle. Ce n'est pas moi, le mystificateur, mon amour. C'est le village. C'est le passé. Moi, j'avais tout oublié : la cloche de l'église, le canoë, la force du courant, les serpents d'eau, la maison blanche, toutes les allégories de l'enfance. Brusquement, maintenant, j'ai envie de tout reconnaître, de tout réinventer, de dérouler le tapis magique jusqu'au bout. Je dis : « Après l'enfant, je saurai redevenir normal, ne t'inquiète pas. » Tu ne souris pas quand tu me réponds : « Pour quoi faire? Ce serait stupide, tu es heureux comme ça, alors reste comme ça. »

C'est vrai : avec cette nouvelle mémoire, précise, inventive, hantée, je retrouve le bien-être, une certaine grâce, une facilité qui était devenue rarissime. Cependant, la curiosité de tout réapprendre, cette résurrection, c'est à toi que je la dois.

La première allume les cierges et les lampions, la deuxième aspire à grandes bouffées l'odeur de la cire qui fond, une odeur gourmande et sainte en même temps. La troisième, elle, s'agenouille – on entend craquer ses genoux – devant la Vierge aux bras ouverts.

– «*Ave Maria, gratia plena...* »

Le reste de la prière est marmonné car la langue de la troisième est engluée d'une salive de béatitude. Entre elle et la Vierge radieuse, c'est, à tout coup, la tendresse parfaite. La petite chapelle ronronne de l'écho des *Ave* inintelligibles mais glorieux. Le soir mauve, vert et rouge luit doucement dans le grand vitrail de la nef. La première soupire, bienheureuse, en songeant à l'arbre mort, frappé par la foudre. « Nous sommes bien débarrassées, merci mon Dieu! Plus de feuilles à ramasser, à brûler, quelle délivrance! » La deuxième, elle, se demande : « Qu'aurais-je pu faire de mieux, de plus, durant ce long jour? Qu'aurais-je pu faire de plus grand, de plus parfait? Je ne vois pas... » Quant à la troisième, elle ne pense toujours pas. Elle savoure le miel et le lait, le grand amour émanant de la statue de la mère protectrice, sa belle gardienne bleu et or. Et si elle ferme les yeux si affectueusement, c'est que, sous le masque de plâtre de Marie, elle a revu sa mère à elle, la vraie : toute-puissante, infiniment douce, généreuse de sa chaleur. Celle dont les jupes ont su épancher les larmes et les secrets, en silence, durant la terrible vie dissipée d'avant la prise du voile. Et alors, c'est la grande accalmie, le reposoir, les limbes bienveillantes. Amen.

132

Il entre sous la galerie des Bédard, le chien du garagiste et il se roule en boule. C'est là que je le trouverai bientôt, recroquevillé, tremblant, son regard vide, ses pattes raides, sa queue décharnée, sa fourrure tout usée par la terre battue. Il ne s'endort pas tout de suite. Par à-coups, le chat revient derrière ses yeux fatigués. Tantôt plongeant, tantôt volant, tantôt s'évanouissant dans l'air. L'impossible chat, son tyran. Sa désolation profonde, son désespoir physique, le petit garçon fouineur et fraternel que je serai en sera ému jusqu'aux larmes. Je comprendrai, je serai le seul à comprendre, et il me suivra jusqu'à la maison blanche, sans s'étonner, en claudiquant, déjà presque heureux, comme s'il entrait au paradis des chiens mené par un petit ange indulgent, après cette longue vie dans un purgatoire lancinant de rhumatismes et de chats despotiques.

Pour l'instant, entre chien et loup – c'est le cas de le dire –, mon ami rumine sa journée douloureuse. Et c'est comme si, avec lui, en même temps que lui, du fond de mes limbes à moi, j'apercevais une multitude de chats fuyants à travers le brouillard d'une fièvre. C'est que, moi aussi, déjà, le monde me tiraille. Je suis lancé dans l'orbite de l'impossible, moi aussi, asservi et libre, éperdu comme mon futur grand ami. Comme lui, déjà, tout m'appelle et il me faut, aveuglé, tremblant, vivre entre mon cœur et les étoiles, insensé, pressé par le temps, attendu, prédestiné.

Ils essayent de dessoûler Sam. Gertrude, assise dans le foin, a pris sa tête sur ses cuisses et l'asperge d'eau de pluie. Maurice, lui, examine l'alambic sur toutes ses coutures en poussant des soupirs moitié admiratifs, moitié découragés. « Une belle patente! » dit-il, et il penche la tête comme s'il était devant la fameuse bombe lancée sur Hiroshima dont les journaux, qui traînent dans la vieille grange, racontent les exploits meurtriers. Mon père sera toute sa vie fasciné et même exalté par les cataclysmes. Les orages, les pique-niques qui se termineront par une noyade, le procès de Nuremberg à la radio, les tempêtes de neige et le verglas qui séquestreront dans la maison blanche les oncles, les tantes, les cousins, les incendies de forêt monstrueux. Il sera toujours le premier à chausser ses hautes bottes, à détacher la chaloupe et à partir fouiller le lac pour trouver les noyés, ou encore à remplir le camion d'hommes et à filer à toute allure vers l'incendie en hurlant, par les rues : « Au feu! » Il aura, alors, le regard trop brillant, le souffle enfiévré, comme un grand animal endiablé par l'instinct du combat, de la survie, de l'éternité, peut-être. Quand il me prendra sur ses genoux pour me raconter un sinistre ou un autre, j'ouvrirai grandes mes oreilles. Mais avant même d'entendre, je devinerai, je palpiterai, moi aussi, à l'écho anticipé des grandes fêtes macabres du village. Gertrude, ma mère, nous fera ses yeux scandalisés, les yeux que font les femmes, heureuses simplement, aux hommes tourmentés par des malheurs qui ne se laissent pas oublier, par des tragédies qui, comme elle dira « ne nous arrivent même pas à nous personnellement ».

Sam ouvre les yeux et les referme tout de suite. Il ne veut pas revenir au monde. Les limbes lui conviennent, à lui : « Laissez-moi tranquille. » Mais Gertrude sait bien qu'il n'est pas tranquille, Sam, justement. « Tu vas te réveiller, Sam, pis venir avec nous autres, mon grand flanc mou ! » Elle rit, en disant ça, ma mère. Elle rira souvent en clamant ses reproches et ça voudra dire, à chaque fois : « Rien, plus rien ne pourra nous faire du mal maintenant. Quand on a connu des jeunesses persécutées comme celles qu'on a connues, ton père et moi, plus rien d'effrayant ne peut survenir. » Et elle aura raison jusqu'à la fin, bien sûr. Jusqu'au dernier matin.

Ils mettent Sam debout et Maurice le prend à cheval. Gertrude a ouvert la porte de la grange et on peut voir les champs fumer après la pluie, le soleil couchant barbouiller de sang l'horizon, et la vieille Buick qui attend, au bout du champ.

Louis, juché haut dans sa chaise de barbier, fume paisiblement. Le ciel est rouge dans la grande fenêtre de son salon et Louis sourit, sa moustache fine tout arrondie lui fait une belle grimace dans le miroir. Juste avant de soupirer un bon coup et de s'asseoir, Louis avait tourné le bouton de sa vieille radio. Et maintenant, la voix du chanteur favori, le grand Charles Trenet, emplit la pièce, le cœur de Louis, le village, le monde. C'est son heure préférée, à Louis, et c'est aussi, par hasard, sa chanson préférée. Comme la vie est avenante quand elle veut !

Un monsieur attendait
Au café du Palais
Devant un DuBonnet
La femme qu'il aimait...

Louis se cale dans sa chaise, heureux, pendant que la fumée de sa cigarette fait des fleurs roses, des cœurs pourpres, des visages vermeils dans l'air inondé de soleil couchant de son salon de barbier. « Le bonheur, pense Louis, c'est pas si difficile que ça! Pas besoin de faire chanter des grand-messes, voyons donc! »

La corneille s'est perchée sur la plus haute branche du chêne, celui-là même dans lequel étaient grimpés les deux innocents pour observer la mère ourse et ses petits, avant l'orage. Maintenant, l'oiseau noir, plus bleu que noir après la pluie, croasse et piétine méchamment l'écorce de la branche. Dépliant les ailes comme pour se battre ou se protéger, la corneille pousse des cris perçants. Joseph Trépanier dira : « Des cris de mort! » Et puis elle décolle lourdement, empêtrée un moment dans son vol, les ailes raides, son cou tout en spasmes comme le gosier de la dinde juste avant le coup de hache. D'abord, elle rase les arbres qui bordent le ravin et puis elle se laisse descendre, elle coule dans la pénombre bleue, elle pique vers le marais anglais. Soudain, ses cris reprennent de plus belle : elle les voit. Jacob a pris Germain sur son dos, comme on fait avec un homme trop saoul ou sans connaissance, et l'emmène péniblement vers ce qui semble être une clairière au-delà des broussailles. La corneille se pose au faîte d'un orme sec et elle les regarde. Ses yeux sont immobiles, précis, presque féroces à force de circonspection. « Pas de ce côté-là! » A son cri strident, suraigu, Jacob se retourne une seconde, lève la tête vers l'arbre, le ciel, le commencement de la nuit qu'il fixe de ses yeux devenus inutiles, ses yeux perdus, pleins de mort déjà. Il marmonne quelque chose comme « aie pas peur, mon grand chat, aie pas peur » à son ami sur son dos, à ce gros poids chaud et sentant le sang qu'il emmène dans le marais, sans savoir.

Ils vont s'enfoncer dans le monde par-dessus les oreilles. On aura beau fouiller, creuser, s'enfoncer dans la boue jusqu'à presque périr, nous aussi, on ne retrouvera qu'une botte (celle de Jacob) bourrée de vase et d'écrevisses. Maurice me racontera une bonne douzaine de leurs fins possibles, chacune plus effrayante que les autres. Au bout du compte, je me suis fait ma version à moi et personne ne me l'a encore démentie, pas même la corneille qui a tout vu. Mais attendons la nuit pour les sables mouvants, pour la mort imaginée, dans le marais anglais.

Aujourd'hui, tu es venue avec moi voir l'oncle Sam à l'asile de Saint-Michel-Archange. Tu n'as pas bronché devant ses yeux vitreux, sa jambe qui tremble sans cesse comme la manivelle d'un engin détraqué. Tu hochais la tête avec sympathie à l'écoute de ses phrases disloquées qui ne font pas de sens. Il t'a fait venir tout près de son lit. Je ne sais pas pourquoi, tu t'es mise à lui parler de l'enfant. Il touchait ton ventre. Ses belles grandes mains grelottantes froissaient ta robe, cherchaient un signe, une preuve. Tu le regardais, sereine, tu ne rougissais pas. Je suis sorti de la chambre, bouleversé. Tu m'as rejoint dehors au bout de quelques minutes. Tu étais tranquille, souriante. Tu m'as dit : « Il m'a parlé de toi. Il a dit que tu savais écouter comme personne. C'est beau, tu ne trouves pas? Je lui ai dit pour le livre. Il est content, tu sais. En partant, il a prononcé le mot traverser ou traversier, j'ai pas très bien compris. »

Traversée. Il disait souvent : « La vie, tu parles d'une traversée! » Il disait aussi : « Durer? Ça donne quoi de durer? »

En montant dans l'auto, tu m'as touché le bras, tu as dit : « Ne sois pas triste, nous sommes chanceux, mon amour, tous les deux! » Alors je t'ai dit : « Le livre, tu dois savoir que c'est aussi parce que j'ai peur que tout se brise, se défasse, se déchire. Mais pas l'enfant. Lui, c'est pour l'amour, rien que pour l'amour. » Tu as souri : « Et pour que rien ne se brise, ne se défasse, ne se déchire. Quel mal y a-t-il à désirer qu'il vienne pour l'espoir, lui aussi? »

Ma tante Malvina a attendu la fin de l'orage dans le grenier. Elle m'y fera monter souvent, certains jours de novembre, quand il fera trop mauvais pour me laisser sortir et, surtout, quand elle aura le cœur gros de souvenirs ineffaçables. Elle ouvrira l'album de famille, celui qu'elle tient en ce moment contre sa poitrine. A la lueur d'une chandelle apparaîtront de vieilles tantes à dentelles et à nattes, les anciens trottoirs de bois du village, la toute première église incendiée, tellement plus jolie que les autres, celles qui suivront, des couples en sleigh sur le lac gelé, des cousines en farandole sur le grand quai, des cousins en cercle joyeux sur la commune, des pique-niques réjouis, des noces fières, des visages de grand-tantes assombris par des chapeaux à cloche ou des voilettes, des silhouettes d'oncles revenus chanceux de la pêche, triomphants, les bras levés, chargés de dorés et de brochets, souriants et pâles dans la lumière du crépuscule. Et puis je tournerai trop vite une page.

— Non! Pas celle-là!
— Qui c'est, ces deux-là? L'homme avec son grand chapeau rabattu sur ses yeux? La jeune fille appuyée sur son épaule qui sourit tellement qu'on voit toutes ses dents? Mais, c'est toi, ma tante! Et lui, c'est Sam! Je reconnais son grand manteau de chat!

Alors elle fermera très vite l'album, ma tante, son sourire comme un pli méchant, ses yeux mouillés, sa main tremblante. Le grenier, ce sera le refuge, l'isoloir, sa chambre à beaux mystères disparus. Elle s'assoira sur la vieille causeuse bosselée, vestige des trop longues soirées d'hiver, de sa jeunesse enfuie, des fausses fian-çailles, des demandes en mariage imprudentes, des tra-hisons, des mensonges, de sa solitude. L'horloge de chêne, avec ses aiguilles brisées, son balancier immobile, conti-nuera à figer le temps, à rendre éternels les malentendus. Même le merisier, dans la fenêtre du grenier, semblera vieux, d'un autre temps, un souvenir paralysé, une ombre immortelle, le témoin silencieux, dédaigneux, des bonheurs brisés.

Malvina se lève, frotte et secoue sa jupe, et voilà que la poussière du vieux temps, mêlée à la lumière ambre du soir d'aujourd'hui dans le grenier de la maison blanche, achève de brouiller tout à fait les saisons, le temps, le hasard, les battements du cœur et les images obsédées. Ma tante referme la trappe du grenier qui fait un gros bruit d'église ou de prison. En redescendant l'échelle, elle aperçoit le lit dans la chambre claire. Le lit dans lequel je naîtrai, le lit si beau, si triste. Elle entre, allume la petite lampe, celle avec l'ange aux ailes ouvertes et qui tient la lumière comme une gerbe au bout de ses bras. « La chambre est prête », dit ma tante à voix haute. Et, tout de suite après, comme pour empêcher les larmes de recommencer : « Mais qu'est-ce qu'y font, donc ? Y devraient déjà être là ! » Et puis elle redescend à la cuisine. Parce que c'est à la cuisine qu'on va quand on s'énerve et qu'il faut bouger, oublier, inventer la suite du monde dans la maison blanche.

J'écrase sur mon bras le maringouin qui me taraudait. Une petite moucheture de sang apparaît sur ma peau et, vif comme l'éclair, resurgit l'autre sang. Le sang sur le camion. La trace rouge, puis brune et enfin noire, étoilée, indélébile. Ils revenaient tous les deux de chez le docteur. Déjà Gertrude savait le terrible secret. Le camion ne roulait pas vite, c'était un vieux camion. Dans le détour du bas de la côte, le chevreuil a bondi puis s'est arrêté au beau milieu du chemin, pétrifié par le bruit du moteur. Tout le poids de Maurice sur le frein n'a pas pu stopper le camion à temps. Un gros boum sourd et la bête est tombée raide morte, son bois étreignant la grille du capot et le vieux pare-chocs rouillé. Cette tache de sang rouge clair sur le devant du camion quand ils sont rentrés. Gertrude a expliqué, en haletant, le chevreuil surgi de nulle part, le frein inutile, la poussière, le gros choc mou, une secousse presque tendre, la mort, l'impression horrible d'avoir tué, la bête abandonnée au bord du chemin. Cette éclaboussure qui brunissait au soleil et qui me brûlait les yeux. Gertrude n'a pas parlé du docteur, de la maladie meurtrière, du secret. Ils ont dû en parler dans la nuit qui a suivi. Moi je restais là, devant le camion, hypnotisé par la tache devenue rouge sombre, ce signe, ce présage. Ils m'ont appelé de la maison, je suis rentré. Cette zébrure de sang, le grand Gilles avec son don de voyance aurait peut-être pu me la déchiffrer, y voir leur mort, l'empêcher? Trois jours plus tard, ils s'en allaient pour toujours.

Mon amour, je ne peux pas continuer le livre. Pas aujourd'hui. Le vieux signe tuméfié est réapparu. Je descends l'escalier quatre à quatre et je te retrouve sur la grève. Tu vois tout de suite l'étoile rouge sur mon bras. Tu y portes les lèvres. Je viens sur toi et nous roulons dans le sable, indestructibles, éternels pour quelques miraculeuses secondes. Après, je te dis : « Je vais devoir parler de leur disparition dans le livre. Je sens qu'il le faut. » Tu hoches la tête, tu prends ma main et tu dis : « Sans doute, oui. Mais attends encore un peu.

Tu vas voir, ça va te venir au bon moment. » Je me mets
alors sur le dos, à côté de toi, et je reçois le bleu du ciel
comme une pluie.

« On dirait qu'elle s'en va », dit Reynald à Sylvia et
à Marcel, son frère et sa petite sœur debout, ahuris, au
pied du lit. Et il a raison, Reynald : elle s'en va, sa mère.
Elle s'absente de la chambre, de la maison, du monde
et elle ne reviendra plus sinon pour rôder, fantôme
échevelé et gémissant, certaines nuits de pleine lune,
nuits de brouillard où réapparaîtront le champ de la
commune et la sauvagesse nue dans la lumière insensée
du rêve. Alors Rachel hantera le sommeil de ses enfants
affolés, grelottant dans leurs lits. Elle montera, descen-
dra l'escalier, poussera des cris écorchants et retournera
dans son lit, absente encore et pour très longtemps.
Malvina m'emmènera quelques fois avec elle voir la
folle, notre voisine, et je resterai un peu trop longtemps,
à chaque fois, stupéfié et le cœur battant devant ce corps
vide aux yeux habités, effrayants. Une fois, je l'entendrai
pousser son cri de savane, son cri de nuit d'épouvante
et je chercherai en vain le sommeil cette nuit-là, m'en-
fouissant profondément sous l'édredon, essoufflé, aveugle,
à la poursuite de mon odeur rassurante au creux du trop
grand lit. Et puis je me lèverai, le plancher craquera, je
descendrai réveiller Malvina qui me dira tout : la sauvagesse à Léopold, le rêve récurrent de leurs amours
maudites, la folie de Rachel Bédard. Et ce sera terrible,
un péché, une malédiction : j'aurai de malins frissons de

plaisir, ma salive s'épaissira sous ma langue et j'imagi-
nerai toutes sortes de noires délices sous la lune. La nuit
fatale de Rachel Bédard sera ma première nuit de sueur,
de feu, ma première nuit de tressaillements savoureux,
ma première nuit de désir et d'épouvante. Je croirai
longtemps qu'un beau démon, à cheval, parcourait la
commune, les soirs de pleine lune, cherchant les gros
propriétaires de désir, les Léopold et compagnie, et moi
avec eux, pour les endiabler de furie, de plaisir et de
sang. Je ne pourrai jamais dire cela, qui me rongera
longtemps, à Gertrude, ma mère qui m'aurait fait taire.
Ni même à Maurice qui m'aurait pourtant compris,
étant, lui aussi, souvent aspiré par des vents brusques
de passion, de sauvagerie. Encore moins à Malvina qui
taira toute sa vie ses flammes et ses fièvres. Elle que
l'équivoque du moindre appétit palpitant obligera à tourner la tête, ne nous abandonnant de son émoi qu'un
profil durci d'ancienne jeune fille ardente.

« Ose regarder derrière les choses! Ose croire tes
propres mains, tes yeux clairs qui savent, en touchant le
monde, le laisser comme il est, ne pas le transformer, le
diminuer, le perdre », me dira le grand Gilles. Tout lavé
de pluie, délivré par l'orage, le grand métis est remonté
sur Belle-Fille, sa jument. Les voilà qui grimpent le
sentier de la montagne. Ils s'en vont assister au naufrage
du jour dans le grand lac. Le grand Gilles gardera les
yeux grands ouverts, fixant l'immensité jusqu'à ce que
pâlisse la terre et qu'apparaissent dans le ciel sombre

les premières étoiles perçantes. La jument ne bougera pas, habituée qu'elle est aux caprices quotidiens de son maître et ami. Tous les deux, en révérence muette et fière, en extase appliquée, ils vont se découper comme des silhouettes de totem sur la crête du rocher, tout là-haut, immobiles et solennels contre le ciel qui s'éteint. Je les verrai souvent, levant la tête de mes cahiers, de mes livres si ardus, tous les deux arc-boutés au ciel rouge, insolents, magnifiques, le grand Gilles et sa jument. Ils seront ma figure de proue avant la lettre, mon chemin de croix, mon sphinx, mon centaure, ma première vision d'une dignité si rare. Je grimperai souvent sur ce même rocher, je me hisserai sur une grosse pierre au dos rond, je serai à cheval, immobile moi aussi, inébranlable, sachant la majesté du ciel au-dessus de moi et la tendresse sans fin du soleil sur ma face comme un masque, imitant sans doute mal la sérénité du métis, minuscule dans la grandeur du monde, peut-être, mais solide, droit, puissant, moi aussi, pour quelques vertigineuses secondes, petit cavalier de l'espace infini.

Nous roulons sur un chemin qui longe des champs de luzerne et de trèfle. Et puis, tout de suite en haut de la côte, c'est la forêt qui commence avec ses rangées de pins immenses. Soudain, sur ta peau brune, de petites constellations rapides, pailletées, apparaissent, scintillent et s'évanouissent, brusques comme des reflets. A mesure qu'on monte, le lac est de plus en plus grand, de plus en plus bleu, visible tout à coup entièrement, une gigan-

tesque tache d'azur brillant. Tu pousses alors un « Oh! »
pareil à la plainte que tu as quand tu te blesses (souvent)
avec les objets coupants, les couteaux, l'herbe à chat ou
le fil de pêche. Un gémissement pour dire que c'est
presque trop beau.

Nous prenons à droite, en direction de l'anse. De
chaque côté du chemin apparaissent alors les vieilles
cabanes de bois, les carcasses de voitures, la misère de
la réserve, son mutisme de cimetière, sa désolation de
parc abandonné. La grande savane, l'ancienne piste de
sang. Le paradis perdu, désormais une légende. Un
souvenir de braise ou de cendre, c'est selon les gardiens
de la mémoire. Selon l'enfance, la mienne, de braise. Tu
me dis : « Parle-moi d'eux encore, ressuscite-les. » J'arrête la voiture au bout du chemin des Huit-Anglais d'où
l'on peut apercevoir toute la côte en amont, celle où a
eu lieu l'histoire que je veux te raconter. Je te prends
la main, je respire un bon coup et je te dis : « Tu vois
les rochers qui découpent le rivage, tellement qu'on dirait
la moitié de la bouche grande ouverte d'un tigre? Regarde
comme il faut. Tu vois les grosses pierres dans l'eau, qui
avancent comme un semblant de jetée vers le large? »
Tu dis que oui, que tu les vois. Alors je continue : « Les
Indiens avaient résolu de construire ni plus ni moins
qu'une rue sur l'eau pour ne pas appartenir au village.
Ils ne pouvaient pas et ne voulaient pas payer de taxes,
tu comprends. Il s'agissait des plus vieux, les inchan-
geables, les têtus. Ils ont réussi à monter six cabanes sur
des débris de rochers jetés dans le lac, arrachés à la
falaise à force de bras. Six vieux couples d'Indiens ancrés
au large, isolés, heureux, tranquilles. » Tu dis : « Et

puis? » Je poursuis : « Et puis il y a eu un accident. Par une nuit de brouillard, un bateau s'est égaré, il a foncé sur la jetée, détruit les cabanes, les vieux Indiens. Il n'est plus rien resté que ce tas de vieilles pierres dans l'eau que tu vois. » Tu me demandes s'il n'a pas fait exprès, le bateau. Je te dis : « C'était un accident. Du moins, c'est ce qu'on a toujours dit. »

Tu regardes les restes de ce qu'on appelle toujours au village « la rue sur l'eau ». Je vois que tu es émue. Je n'aurais peut-être pas dû. Le vent joue tristement dans tes cheveux. Je te dis : « Tu crois que tu t'habitueras? Tu pourras vivre, comme moi, dans ce village entre deux mondes? Sachant ce que tu sais maintenant, et puis heureuse tout de même que ça ait existé, que ça dure encore, tout ça, ébréché, douloureux? Que ça fasse partie de moi, que ce soit indéracinable et dangereux? » Tu as pris le volant. On refait le chemin en sens inverse. Le lac disparaît, les pins resurgissent, zèbrent à nouveau tes bras, ton visage. Devant la maison blanche, tu arrêtes la voiture et tu dis : « Oui, je veux vivre tout ça avec toi. Plus encore : lui aussi saura et ça le déchirera et ça le grandira. »

Tu redémarres la voiture. Tu prends par le chemin du bord de l'eau, notre préféré. Sans doute désires-tu nous délester de ce poids difficile de l'inadvenu, ce poids trop lourd de l'obstination et de la tendresse qui met du plomb dans nos ailes. Et qui en mettra dans les siennes aussi, sans aucun doute.

Ce qui reste du soleil, une grosse nuée orange, tremble entre les pins. Le village est tout entier visible dans l'eau du lac, avec ses maisons ondoyantes, le toit de l'église comme une herbe en tête de lance, la montagne au-dessus de lui avec ses vagues de feuilles luisantes après la pluie. Le fond incendié du ciel donne au village cet air de sortilège apaisé, cette beauté de fable que je lui trouverai souvent, le soir, au retour de la pêche avec Maurice, mon père. Un répit d'or mouillé, une accalmie, une sorte de mirage. Le village glisse, fuit. Tout n'est plus que reflets, miroitements et il me semblera souvent qu'à la faveur d'un bon vent, facilement, nous pourrions disparaître du monde. Comme si le village n'était, n'avait jamais été qu'une belle chimère inventée par un dieu rêveur, et nous, des dormeurs engourdis à la merci de son rêve changeant, éphémères nous aussi, effaçables aisément.

Avant de naître, avant même d'être propulsé par l'amour, petite volonté fluide, brûlante, dans la passion du grand lit, je m'applique déjà, ce soir, attentif, curieux, à déjouer au futur la fragilité des apparences, l'écho flottant du village, l'insaisissable courant de la vie. Je voudrai toujours voir au-delà, toujours saisir le geste du dieu fou, toujours savoir pourquoi je serai, moi aussi, ce pèlerin aveugle, ce mystère, cet être vivant et tremblant, lancé à la poursuite d'un monde toujours changeant, comme ses reflets d'or dans le grand lac, comme ses nuages, comme ses saisons. Et je ne trouverai pas, bien sûr. Tout comme je ne sais pas, ce soir, avant la nuit dans la chambre claire, ce qui la fait si chère, la vie, si téméraire, si fragile, si énigmatique, si sûre d'elle-même, si urgente, si belle.

– C'est la montagne, là-bas! C'est elle!

Gertrude a crié puis elle a embrassé Maurice qui en a perdu le milieu du chemin. La Buick s'arrête en haut de la grosse côte, celle que je dévalerai si souvent, moitié oiseau voltigeur, moitié petit garçon épouvanté, sur ma bicyclette. Sam ronfle toujours sur le siège arrière. Il n'est pas du voyage de noces, mon oncle Sam. Il est tout seul dans ses limbes, cuvant son whisky, recroquevillé comme une bête qui souffre. Les mariés sortent de la voiture, ils laissent les portières ouvertes pour ne pas déranger le sommeil difficile du cousin Sam. Ils viennent voir le lac, le village, de loin, de haut. Ils se tiennent par la taille. Une double chaleur les rend invulnérables, définitivement sauvés : ils sont arrivés, enfin. « Regarde, dit Gertrude, au fond, là-bas, on voit la grande baie! » Maurice ne dit rien. Il hoche la tête. Ce beau pays qu'il ne connaît pas, cette baie qui flambe au fond de l'horizon, cette montagne toute neuve, émouvante, ce lac comme une mer, cette vie libre, ce nouveau monde, c'est presque trop pour lui. Avoir tant attendu et qu'il soit là, devant lui, tout à coup, cet avenir, ce village silencieux, cet espoir! Il fait trois pas tout seul sur le chemin. Gertrude le laisse aller. Elle aperçoit sa nuque fière, son dos presque trop fort, elle le voit bien se planter dans le sable du chemin, ses jambes écartées, sa main droite remontée en visière au-dessus de ses yeux, sa main gauche à sa hanche, son mari, sa liberté, son homme en train de contempler l'oasis, la côte, l'aboutissement de ce voyage de noces insensé. Elle sait bien qu'il pleure, mon père. Il pleure de délivrance mais aussi de nouveauté, d'obscurité, de ce froid soudain du but atteint. Il pleure doucement, sans faire de bruit. Puis il revient vers sa femme, il la prend contre lui, il la serre un peu trop fort en lui disant : « Je peux pas croire, mon amour, je peux pas croire ! » Et puis, tout de suite, une grosse chaleur fait fondre le petit froid piquant entre ses côtes, comme un coup de soleil.

Maintenant, la Buick descend la côte, file vers le village, vers la grande maison blanche, sur cette même route que tu prenais pour la première fois, toi aussi, il n'y a pas si longtemps.

Ma main, sur ton ventre blond, palpite comme la branche qui a trouvé la source. Tu me dis : « Ta tête, mets ta tête, ton poids doux sur mon ventre. » Alors j'entends ton monde marin, je sens ta force, ta chaleur tranquillise ma vitesse, cette terrible course à la joie, nous savons laquelle, qui ne s'arrête jamais dans ma tête. Une fois nos peaux soudées, la vie ronde se refait, comme peut-être se roule sur lui-même, déjà, le commencement de l'enfant en toi. Et alors je pense, sans le dire : « Toi et moi, perdre le goût de la vie, cet émouvant désordre ? Jamais tant que nous ne perdrons pas la façon. Au milieu de nos bras, de nos jambes, il y a ce rythme mouvant comme une rivière qui fuit. Nous avons eu peur, comme tout le monde. Puis nous avons déjoué la peur et maintenant nous dansons devant l'arbre noir. Éclatent alors, comme des étoiles, ces étincelles dans nos yeux en guise de louange au grand hasard qui a fait notre lit. Tout est prêt maintenant, il peut venir. On l'attend d'un jour à l'autre. »

La nuit

Je serai peut-être homme et femme? Je suis déjà mâle et femelle et plus encore, aquatique et filant vite, indéfini, ambigu, à cause du temps qui n'existe pas encore. Choisir est impossible. Je coule, je me faufile dans la tendresse brûlante de l'eau de ma mère. Je suis tour à tour dérobé et enrobé, petit mâle, petite femelle. J'aurai bientôt des branches et un serpent d'os durs, je serai un petit poisson immobile et vertigineux. Mais j'aurai aussi du vent dans mon sac, une peau de méduse, et le sang de ma mère, longtemps opaque, me nourrira, sera mon premier lac rose, couleur du ciel de l'aube d'automne, et goûtera la mer inconnue. Je serai amphibie, ambivalent, ambigu. Je serai comme la source quand elle se prépare au cœur des pierres : un bouillon saturé de spores et grouillant d'urgence, du plaisir anticipé d'acheminer toutes ces naissances à bon port. L'âme aussi, mon âme, prise dans l'eau nourricière, elle sera tantôt fluide et tantôt figée, claire et brouillée comme le ruisseau avant et après un gros coup de vent de printemps. Je reconnaîtrai tout de suite la lumière pour l'avoir eue, rosée, filtrée mais rutilante, tel un écran enveloppant, un beau signe de vie qui m'appelait, qui s'enroulait autour de moi, qui me faisait pousser. Fusion, feux doux, appel. Comme fait le soleil avec la neige dans la fenêtre d'une chambre aux volets clos. Je ne voudrai pas beaucoup dormir. Je donnerai coups de pied et coups de poing. Dormir? Quand il y a cette foison que je devinerai, éclatée dehors, là-bas, cette vie de lumière que la peau de Gertrude laissera à peine pénétrer, ce nouveau monde, bientôt le mien, dormir?

La noirceur ne trompe pas la jument qui connaît son chemin par cœur. D'abord, elle et son cavalier passeront devant l'église. Le grand métis soulèvera son chapeau et quiconque le verra doutera sérieusement de la politesse de son geste et surtout de sa ferveur chrétienne. Puis ils s'arrêteront une minute au bord du lac, sur la dame du presbytère. Le grand Gilles laisse boire sa jument. Sans descendre de la bête, il boit lui aussi. Il boit la splendeur du soir. De là où il est, on voit la montagne s'éteindre dans le lac et les lumières de l'autre rive s'allumer comme des étoiles. On voit le ciel immense comme nulle part ailleurs et d'un beau gris de laine tissée large avec les fils écumeux du dernier rouge du couchant. On voit aussi toute la baie s'enfoncer dans le brun de nuit du lac et du ciel brun infini, confondus, à ne plus savoir si la grande plage, par exemple, ne serait pas le croissant clair et scintillant doux d'un astre qui viendrait frôler le village, histoire d'émouvoir les attardés assis sur leur véranda, entre chien et loup. On peut voir également l'eau du bord qui éclaire un peu dans la nuit, comme si une lueur était allumée dessous par le phosphore des milliers d'écailles sur le dos des dorés venus dormir dans l'eau tiède. Et on sent, on respire là, et là seulement, ce parfum d'origine du monde qu'il reconnaît bien, le grand Gilles, et qui calme les envies et les manques mieux, beaucoup mieux, que les prières et l'encens de M. le curé (qui n'a pas vu Gilles, puisqu'il dort déjà le curé, puisqu'il rêve aux mystères surnaturels dans son grand presbytère princier).

Et puis ils remonteront la côte, tous les deux, apaisés, jusqu'à disparaître dans le noir plein, dans la grande nuit de la savane.

Je ne saurai jamais s'il dort ou s'il a perdu le souffle, s'il n'est pas mort en s'endormant, le chien du garagiste. Ses poils drus soufflés par le vent de la nuit comme des herbes mortes sur le dos d'un rocher, son museau dans la terre comme un petit mulot humide de fièvre, immobile et mystérieux, il est abîmé de sommeil sous la galerie des Bédard, gisant, abandonné encore et toujours. L'angoisse s'arrange bien de ce sommeil assommé. Elle s'insinue dans son sang. Toutes ses cellules, sans broncher, sont lentement empoisonnées par l'ombre pleine d'images fulgurantes, brisées puis refaites, différentes et pourtant toujours pareilles, puisque c'est toujours la même image : le chat qui fuit, désespérément roux et beau, infiniment libre et dédaigneux. C'est toujours le même obsédant poteau de clôture, le même terrible ciel éblouissant, le même bond hallucinant, le même éclair rouge, la même salivation amère sous la langue et, pour finir, le même réveil en sursaut, choc, spasme, électricité qui raidit les pattes, qui le fait geindre dans le noir et se frapper la tête contre les planches de la galerie, perdu, éperdu, si seul, le chien du garagiste.

Le voilà qui repart errer, frissonnant, aveugle, au beau milieu de la grand-rue, en proie au bon vieux délire amer, déplorant bien malgré lui l'absence nocturne du chat, ce bel ennemi roux, cet inséparable qui fait sa nuit au chaud, lui, comme de raison. Il lève la tête, cherche la lune pour mordre dedans, pour lâcher son hurlement, il cherche une délivrance. Mais c'est nuit noire au village, la fin du monde, les limbes.

Malvina a allumé le fanal, elle est sortie sur la véranda. Jusque sur la grève, devant la maison blanche, la lumière jaune allonge de grandes ombres zébrées de lueurs. Des papillons de nuit, des bourdons et quelques maringouins précoces viennent s'effrayer, se frapper, s'exaspérer, suicidaires, les pauvres, parce que amoureux fous de la toute-puissante flamme du petit fanal de ma tante Vina. On entend siffler les grenouilles, leur chant d'amour se mêle à celui des marmottes et, dans l'anse, ce n'est plus qu'un hymne, une allégresse, un gros soupir qui gonfle la nuit de désir. Un petit vent doux apporte les senteurs. Celle de la terre neuve, l'odeur de la mousse du bord de l'eau, celle, plus fraîche, soulageante, du large. Un léger brouillard monte. La nuit si pleine saisit Malvina

156

par surprise. Ma tante se tient debout, tout en haut des marches, dans sa belle robe noire, celle de toujours, essoufflée, immobile, avec son ombre chancelante sur l'herbe. Elle est prête à accueillir les mariés et s'inquiète de leur retard. « La belle nuit, pense ma tante, la belle nuit qu'ils auront, les chanceux! » Et puis elle soupire, heureuse de cette joie brusque dans sa respiration. Notre bonheur, celui de Gertrude et de Maurice et, plus tard, le mien, sera aussi son bonheur à elle. Il en faut bien un, on ne peut pas vivre sans lui, le bonheur. Si difficile à deviner qu'il soit. Et puis elle n'est pas au bout de ses surprises ni de ses attentes, Malvina.

Au-dessus de la baie, passent et repassent les morillons. En silence, comme des conspirateurs. Ils vont bientôt se diviser, délester leur gros poids de voyage et s'enfoncer dans les criques pour faire leurs nids. Tout est en ordre, en place, le monde est prêt comme un nid. Déjà, on entend la vieille Buick qui s'engage dans le chemin de l'anse.

La première s'est mise au lit tout de suite après la prière qu'elle a murmurée sans y songer. Les draps frais, le silence, le bel abîme de la nuit seront de tout repos. Demain il y aura tant à faire, l'univers est encore en désordre, le Royaume, hélas, n'est toujours pas de ce monde, il faut travailler dur. Et puis elle s'endort, épuisée par les prochains sacrifices. La deuxième, elle, rage contre la grosse mouche qui rôde autour du crucifié au-dessus de sa tête de lit. « A-t-on jamais vu une impertinente pareille? » Elle donne de grands coups de main et de bras en l'air mais c'est peine perdue : la mouche entend bien s'épuiser à sa guise, rôder tout son saoul, follement, toute la nuit. Elle se réveille à peine du long hiver, de son engourdissante torpeur. « L'innocente n'a pas conscience de son péché », songe la petite sœur, en soupirant. Et puis elle met le drap sur sa tête en espérant oublier l'insecte sacrilège. Mais le bourdonnement est pire encore, obsédant, fatigant rappel de l'éternel paganisme, de la trop durable barbarie du monde, pauvres de nous! « Ah, non! Pas une autre nuit blanche, pense la petite sœur, pas une autre nuit à m'endolorir de la sauvagerie d'ici-bas! » Elle étouffe sous le drap. Alors elle émerge, elle sort la tête en grognant et tout est à recommencer : la prière, les efforts pour se calmer, la confiance en Dieu à solliciter, la paix à retrouver. Le salut, cette rose épineuse au bout de sa longue tige!

Quant à la troisième, elle dort. Le rêve, tranquillement, reprend possession de son corps oublié. Le cheval du grand métis, son museau mouillé, bouleversant, sa chaleur étrangement molle. Oh! la bonne torpeur interdite, les délicieux frissons défendus! En plein cœur du rêve, il y a quelque chose de... oui, de céleste : l'abandon de la volonté à cette bête superbe qui sait si bien vous surprendre, vous ôter vos scrupules, vous séduire. Pendant une longue seconde infiniment douce, tout le corps tremble comme s'il s'envolait, et alors elle ne sait plus rien, la troisième petite sœur, elle ne connaît plus rien de triste ni de fatigué. Elle gît, bienheureuse, reposée, exaucée, innocente.

C'est elle qui m'apprendra, dans quelques années, à

regarder par la fenêtre de la classe pour trouver des ressemblances humaines aux nuages, pour compter les mouettes (combien avec le bec jaune, combien avec le bout des ailes noir?), pour dire dans quelle direction souffle le vent, et elle expliquera le bleu du ciel, pourquoi il pleut, qu'est-ce qui fait briller les mouches à feu et aussi un peu de grammaire et de nombres nébuleux. Elle sera très sérieusement embarrassée le jour où je lui demanderai : « Le méchant Indien qui a mangé le cœur du père Jogue, le missionnaire, est-ce qu'il a vécu avec deux cœurs dans sa poitrine, après? »

Nous marchons sur la grève devant la maison blanche. Je continue de t'apprendre le nouveau monde. Je te dis ce qu'il a fallu de patience et d'entêtement, de confiance pour que ce rivage conserve sa beauté, son mystère. Tu penches la tête à chaque souvenir débusqué qui tout de suite te captive. Est-ce la saveur du neuf et de l'inchangeable mêlés qui te fait respirer si fort, qui t'enchante comme une voyageuse ravie et qui me fait, moi, redire encore l'anecdote, le mythe, la légende, l'aura de cette grève, notre nouvelle plage?

Nous approchons du grand quai. Soudain, tu remarques quelque chose, comme une date ou un graffiti gravé dans le ciment du quai. « Ce signe, ce dessin, qu'est-ce que c'est? » Je te dis : « C'est un bateau qui coule. Là, tu vois, à gauche, la gueule grande ouverte d'une grenouille qui va engouffrer l'embarcation. Et puis, plus haut, un feu, le feu de la vengeance qui brûlera les marins. » Tu me regardes avec tes yeux perdus. « Mais qu'est-ce que ça veut dire? On dirait un hiéroglyphe inca ou maya. » Je dis : « Tu y es presque. Les Indiens ont construit ce quai pour les Blancs. Ils n'ont pas manqué d'y laisser une prière, un mauvais sort. Tu vois, ce quai, ils l'ont construit, bien malgré eux, sur l'emplacement de leur ancien port de débarquement. Ils ont construit le quai des maîtres mais ils ne leur souhaitaient pas du tout bon voyage. Le signe n'est apparu que lorsque la pierre qui couvrait le ciment est tombée par érosion. » Tu secoues la tête puis tu demandes : « Et des naufrages, il y en a eu? » Je souris : « Beaucoup. Tellement que la navigation s'est arrêtée longtemps. En fait, les bateaux n'ont recommencé à descendre la rivière que lorsqu'on a enfin redonné aux Indiens leur grève, deux milles plus en aval. »

Tu touches les lignes creusées dans le ciment, presque cérémonieusement. Tu dis : « C'est absurde. Ce qui vient de me passer par la tête est absurde. » Tu appuies ton dos sur le ciment tiède, couvrant la moitié du dessin. Ne dépasse que l'incendie incantatoire au-dessus de ta tête. Tu es soudain très pâle et tu dis : « S'il fallait que notre monde ne soit pas fait pour lui? Je veux dire : quand toutes les vieilles pierres érodées tomberont, il va découvrir, lui aussi, les signes, les dangers, les pièges. » Je touche tes cheveux, tu as fermé les yeux, tu luttes avec l'image de notre enfant trahi par le monde, par nous, chassé du paradis, découvrant le mensonge. Puis tu souris, tu me regardes. « Ce sont des pensées de femme enceinte, tu ne trouves pas? » Je prends ta main, on marche encore longtemps, jusqu'à ce que la nuit tombe. Tu rapportes une grosse coquille d'huître bleu nuit qui empêchera, dis-tu, les pages de voler sur ma table.

Il fait grand vent et tu dors. L'enfant sera forcément trahi, mon amour, on n'y peut rien. Mais il y a de belles trahisons, non?

Déjà, je suis ces frissons sur leur peau, ce beau désir pur, ce feu de leurs halètements. Je ne peux pas résister à l'avant-goût de cette nuit de noces, comme une clarté qui dissipe la brume des limbes. Oh! cette hâte qui secoue!

Ils se tiennent serrés l'un contre l'autre. La Buick est arrêtée au bord du lac, tout près de la talle de joncs qui sentent bon l'été, le plaisir en parfum dans l'air du soir. Ils se savourent avec audace et simplicité. Je suis leur désir en train d'éclater. Je suis ce temps qu'ils prennent en ignorant délicieusement le temps. Je suis leur salive, leur sueur, leurs souffles mêlés. Je suis le cri presque douloureux du butor dans le marais, tout près. Je suis ce mystère neuf de la nuit qui glisse sur eux comme un voile, en silence. Je suis cette effervescence dans leurs veines, cette hâte qui fait un peu mal, ce goût de durer toujours comme ça, comblés, échappés, libres. Ils s'embrassent et je suis ce baiser qui se prolonge et par lequel entre en eux une joie parfaite, ronde, cette allégresse qui me fera venir bientôt.

Là-bas, au bout du chemin, Malvina et la grande maison blanche nous attendent. Sam, lui, dort toujours sur le siège arrière de la Buick, absent, abîmé, plongé dans ce même néant que je quitte, moi, de toutes mes forces.

Pas très loin de là, appuyé au chambranle de sa porte grande ouverte sur la nuit, Louis, le barbier, fume et médite. Toujours, ses idées rôdent autour de la notion de bien-être, cette espèce d'enchantement secret que des yeux grands ouverts, des oreilles dérouillées, des narines débouchées et surtout un cœur simple savent procurer à l'homme qui veut bien. C'est à lui que j'irai confier mes immoralités solaires, les premières, mes délires, comme des démangeaisons, sûr, toujours, de trouver Louis attentif, curieux, souriant avec tendresse. Si loin du perfide et du mesquin, Louis, comme un étranger à sa place dans le monde, seul, clair comme le fond de ses yeux. Il saura souvent reconnaître, chez chacun, la solitude parfois bâillonnante. Celle, pour moi, d'être confiant par goût, impressionnable par nature et joyeux par nécessité. La parole, chez Louis, sera toujours bienvenue, qu'elle libère la plainte ou l'enthousiasme, l'échauffement ou la détresse. Conversations atrabilaires ou embrasées dans la clarté de son salon de barbier, sorte de confessionnal sans absolution ni pénitence. Le parleur sur sa chaise, à l'aise ou bien timoré, intrépide ou scrupuleux, et l'écouteur attentif, souriant, debout derrière lui, tous les deux impitoyablement réfléchis dans le grand miroir en face. Sans cesse renvoyé à lui-même, le conteur ressortira de chez Louis, soulagé, souvent décidé soit à rompre le mauvais charme, soit à consentir à ses morsures trop douces. Le tout, sans philosophie ni morale. Simplement, avec cette profondeur si rare, Louis favorisera l'éclosion ou le rejet d'une passion, la libération d'une tension, la fuite d'un danger ou, le plus souvent (et ce sera bien assez), l'aveu d'une frousse paralysante ou d'un gros désir têtu et redoutable. On repartira toujours allégé de chez Louis, le barbier.

Pour l'instant, Louis fume en regardant la nuit bien en face, éludant facilement l'inquiétude contenue dans cette obscurité infinie, ravi de son sort, ému du bel été qui commence à peine, et seul, Louis, à un tel point que ça ne le fatigue pas de parler tout haut, de chanter, même, ce qu'il appelle sa prière à lui :

Ah si l'amour prenait racine
Dans mon jardin, j'en planterais
J'en planterais, j'en sèmerais
Aux quatre coins
J'en ferais part à tous mes amis
Qui n'en ont point...

« Même sans amour, pense Louis, on aime, on peut aimer. Ce n'est pas mystère, voyons donc! »

Devenue folle, Rachel Bédard fera de ses nuits ses journées. Rôdeuse innocente et épouvantable, elle errera dans le jardin, au bord de l'eau, dans la rue, jusqu'aux petites heures du matin, hantant le village du souvenir macabre de Léopold avec la sauvagesse, trouvés ensemble dans leur lit de sapinage maudit.

Elle s'est levée, elle est descendue sur la grève. Ses enfants dorment, ils ne savent pas encore la fable monstrueuse qui ne fait que commencer. Malvina la voit sautiller sur les galets, l'entend marmonner ses invectives ardentes à la nuit. Des petits cris, des feulements qui paraissent émerger du marais, du ciel, d'ailleurs. Et puis ma tante aperçoit les yeux de Rachel à la faveur d'un rayon de lumière crue du petit fanal qu'elle tient à la main. Fléau, cataclysme : des yeux de lynx échappé, des yeux fous et qui flambent. Des yeux qui rappellent les horreurs de l'ancien temps : batailles d'animaux enragés dans la savane, noyades de sauvages dans l'anse, étranglements de bûcherons malades de scorbut et de caribou et autres magies noires des vieux contes. Les yeux de Rachel Bédard sont devenus furibonds. Le blanc prend toute la place dans l'orbite et brille comme l'éclair des mouches à feu. Ma tante remonte son châle sur ses épaules, sans parvenir à tiédir les frissons qui lui courent sur tout le corps. Elle descend les marches de la véranda et suit Rachel sur la grève. Mais la folle fuit, s'enfonce dans la nuit en braillant comme une chatte blessée. Soudain, on n'entend plus rien, on ne voit plus rien. Disparu, le fantôme de Rachel Bédard. Un mauvais rêve évanoui. Le petit Reynald, sorti en pyjama sur la galerie, se frotte les yeux. Il tremble, il ne sait plus ce que devient le monde.

– Maman!

A ce cri, Rachel sort de l'ombre. C'est maintenant un spectre tranquille, une hallucination déchue, muette, un monstre vidé de sa fantasquerie. Revenue de sa rage comme par enchantement, Rachel attrape le bras de Reynald, s'appuie contre lui et monte sur la galerie en soufflant, comme on fait après de gros efforts, en rentrant du jardin ou en revenant d'une bonne course sur la grève, ni plus ni moins. Seule la buée que dessine dans l'air sa respiration désordonnée achève de confondre ma tante Vina, qui regarde Rachel rentrer chez elle et qui n'en revient pas, qui n'en reviendra jamais. Le petit fanal tremble et fait trembler une grande ombre méconnaissable derrière elle.

Je descendrai souvent sur la grève, la nuit, brusquement réveillé par les plaintes effrayantes de Rachel Bédard, la folle, la veuve hantée. Je la suivrai même, une fois, jusqu'à la dame de la rivière aux tortues. Sa robe de nuit défaite, gonflée dans la nuit, comme une grande chauve-souris au-dessus de l'eau. Je verrai ses seins flétris, comme deux îles à la dérive, son ventre labouré de coups de griffes, ses griffes à elle, et je l'entendrai maudire Dieu, le ciel, le monde et surtout, surtout, la sauvagesse du diable. Elle trépignera sur la dame jusqu'à presque tomber, se noyer, périr, en une sorte de danse envoûtante, possédée. Et, malgré ma chair de poule devenue chair de faucon, je ne pourrai pas détacher mon regard de cette apparition furieuse, si étrangement belle, de cette presqu'île de peau et de voiles, haranguant la nuit telle une prêtresse déchirée. Curieusement, c'est par une nuit comme celle-là que naîtra spontanément en moi le mot destin. Mot insensé et qui le restera, comme dit et répété, parfois hurlé, par la voix fêlée d'une femme détraquée en train de s'envoler dans la nuit.

Plus tard, mon amour, on essaiera de me faire comprendre que d'un côté de ma peau, il y aura Dieu, et que de l'autre, il y aura moi, que nous ne pourrons jamais nous rencontrer, lui et moi. Il ne rencontrera donc jamais mon cœur, mes poumons, ma cervelle, Dieu? Ni les arbres sous leur écorce, ni le papillon dans son cocon? Je saurai qu'on me ment. Je suis un morceau de ce Dieu, une étincelle échappée d'un soleil qui n'en finit pas d'exploser et de libérer des étoiles qui restent incandescentes longtemps. Leur Dieu ne sera pas le mien. Dans mes limbes, mon Dieu est mâle et femelle, sensible, palpable. C'est le désir sans fin et aussi l'assouvissement qui viendra, mystérieux et sûr à la fois. La paix asphyxiante des églises, le paradis toujours promis, espéré, jamais souhaitable, la séparation du monde entre le bien et le mal, entre les gestes sages et les gestes fous, entre l'aubier et l'écorce : pas pour moi. Je n'appartiendrai pas au troupeau des êtres sans grâce qui cherchent l'oubli. Tout de suite, là, maintenant, il y a la passion bien suffisante, l'appétit, l'attente et le déliement, la vie. J'ai déjà l'immense conviction que ce sera bien assez que de n'être plus dans la mort. Assez pour triompher, même dans la douleur. Assez pour aimer, même dans le doute. Assez pour ne pas vouloir y retourner de sitôt, dans la mort. Ni philosophie ni morale. Une certitude de limbes et bientôt de chair, une croyance rouge et battante : je m'en viens, hors de la mort, propulsé, pour ne rien savoir d'autre que cette suite des limbes, cette insubordination à la loi des curés et des obtus, cette limpidité sans indulgence ni pardon, cette échappée hors de la nuit, cet éclat parfois déchirant, ce dieu, le grand jour.

La chouette pousse son gémissement lugubre, sur deux notes, comme un chant d'église. Perchée sur la pointe du plus haut sapin, elle voit tout. La nuit n'a pas de secrets pour elle. Le marais anglais non plus. Elle y est née, y habite, elle y chasse, y élève ses petits et elle y mourra. Elle survivra aux deux innocents qui vont s'enfoncer dans la mort mouvante, dans les sables du marais qui vous engluent et vous tirent vers le centre de la terre par les pieds et les mains, comme un noyé.

Jacob s'est traîné jusqu'au chêne qui borde l'étang maudit, du côté de chez Joseph Trépanier, juste avant que commencent les pommiers. Il avait aperçu un peu du torse de Germain et surtout sa tête de boue et de mousse, méconnaissable, haïssable masque qui bougeait encore mais comme l'ombre d'une ombre, qui ne soufflait plus, ne criait plus, ne vivait peut-être plus. Et puis la grosse noirceur est tombée d'un coup, remplissant tous les trous de la forêt d'une encre épaisse, visqueuse et qui sentait la vase. Jacob s'est acharné jusqu'au bout de son souffle sur la branche qui a fini par céder en déchirant quelque chose d'autre dans la nuit, quelque chose comme l'espoir contenu dans la branche elle-même. « Trop tard », dit la voix de Jacob à l'intérieur de Jacob, sa voix prise dans du sable, voix qui s'engloutit, voix qui se noie, elle aussi. Et puis la douleur est revenue d'un coup, quand Jacob est retombé avec la branche. Assez pour qu'il perde conscience une dernière fatale minute, l'innocent. Revenu à lui, ou plutôt à ce qui restait de lui, Jacob a rampé jusqu'aux quenouilles, là où, si on avance seulement d'un coude encore, on commence d'être avalé tout de suite par le monstre déguisé en plage mouillée. De là, moitié serpent, moitié fantôme, Jacob aperçoit le visage de son cousin, ses yeux blancs, sa bouche qui palpite comme celle d'un poisson hors de l'eau, ses cheveux mêlés, tordus, petites couleuvres luisantes dans le noir épais autour de lui. « Grand chat, dit la voix de Jacob qui n'a plus de timbre du tout, grand chat, grand chat, attends-moi! » La bouche de Germain a un spasme effrayant puis elle se ferme, caverne muette. Il n'y a plus que le blanc bleu des yeux dans la boue du visage qui essaie de dire : « Jacob, fou, cave, fuis, va-t'en, cours, reviens avec des hommes et des cordes, innocent!... » Mais déjà Jacob, reptile douloureux, se traîne, avance dangereusement jusqu'au bord du gros bouillon en brandissant, tremblante, dérisoire, la branche de chêne devant lui, qui s'en va faire l'araignée pour rien au-dessus du remous. « Jacob, recule, va-t'en! », hurlent les yeux phosphorescents dans la boue du visage. Et puis, comme venu d'ailleurs, de la forêt en bordure ou peut-être du gosier de la chouette, un cri, un seul, rauque, macabre : « Non! » L'écho reprend dix fois la clameur invalide et puis, plus rien. La torpeur assourdissante du marais, sa rumeur de piège paludéen, son petit bruit mouillé de mangeur d'hommes, avide et bien tranquille, sa respiration molle, son remugle bien discret. La branche s'est tout de suite mise à palpiter comme une chercheuse de source, puis elle a plongé, entraînant le bras, l'épaule, très vite. Les jambes, elles, ont été comme soulagées en entrant dans la fraîcheur du sable glaiseux, surtout le genou mutilé. Une sorte de bien-être miséricordieux, avant la fin. Ne reste plus maintenant que la tête, jumelle de l'autre mais propre, celle-là, pas encore souillée. Le clair visage du cousin Jacob, pétrifié, avec une espèce de ferveur dans les yeux, s'en vient, à deux pieds de celui du cousin Germain, maculé, horrible, attendre la mort, l'engloutissement, sa sépulture de boue et de vase. Ils se regardent, les deux innocents et, lentement, descendent ensemble dans la mort marécageuse. Entendent-ils la chouette hululer, le vent les plaindre, les ouaouarons, gonflés comme des noyés eux aussi, glorifier l'été, la fertilité, les saveurs du marais anglais, l'abondance, la vie? Entendent-ils tous ces chants sauvages qui sont le contraire de la mort, son autre versant innocent, libre? Ne sont-ils pas déjà de l'autre côté du mystère, dans les limbes? Ne me frôlent-ils pas de leurs membres huilés de glaise, de leurs cheveux de sorciers? Ne passent-ils pas, là, maintenant, tout de suite, à une branche de chêne de moi, de mon entité pelotonnée, informe, vibrante de leur mort fraîche?

J'irai rôder souvent sur les bords du marais anglais. Gertrude n'en saura jamais rien. La fascination que les remous exerceront sur moi, les frissons voluptueux qui me feront trembler, cette espèce de plaisir sombre, essoufflé, il n'y a qu'à Maurice, mon père, grand adulateur de belles terreurs, que je pourrai les dire. Et encore, pas jusqu'au bout. Pas jusqu'aux images qu'ils feront naître et se bousculer en moi et qui devront attendre les livres, les poèmes et les films, beaucoup d'années, avant de trouver leurs confidents égaux en coupables terreurs.

Quant à Jacob et à Germain, les deux innocents, il m'arrivera souvent de croire leurs deux âmes réunies en mon corps. Comme si, les ayant vus passer si près de moi, eux sortant du monde et moi m'apprêtant à y entrer, comme des noyés se touchant dans le courant, j'allais naître avec ma forme à moi, indépendante, mon corps souverain, intact, mais avec leurs deux lueurs en mon âme, vacillantes et fatales. Je me croirai souvent double, grand chat et timide adorateur de grands chats, à la fois Jacob et Germain, doublement innocent et parfois vertigineusement fasciné par la mort par remous et tourbillons, sous le déguisement d'une plage à l'abri des arbres du marais anglais. Même, un de ces jours où je serai stupéfié et malheureux d'être au monde et d'être deux, de ne pas trouver de place ni pour l'une ni pour l'autre des deux innocences en moi, j'irai au marais et j'aurai envie de l'engloutissement définitif, doux et frais. Un goût de boue et de néant, ce centre de la terre qui ne sera jamais l'enfer, pour moi, mais bien un repos mérité de racines, d'argile et de pierres précieuses.

Autre nuit, même nuit, la nôtre. Nous sommes étendus sur la grève devant la maison blanche et nous regardons le ciel. J'ai fait du feu. Des brindilles grimpent, font les étoiles une minute puis, filantes, s'éteignent avant de toucher l'eau. Orion nous dévisage, la Grande Ourse est à portée de la main. Tous ces astres palpitants nous donnent un bon vertige. Nous avons l'air d'attendre, tous les deux. Nous sommes patients, rouges, des lueurs bougent, dansent sur nos visages aux yeux grands ouverts. Nous sommes remplis de tendresse, nous en perdons de partout. La tendresse coule de nous comme une sueur. Si tu me touches, j'éclate, j'éclabousse. Si je te touche, tu te creuses puis tu fais le volcan, tu es un nid de braises. Nous faisons l'enfant cette nuit, je le jurerais. Il aura un sang d'été, une âme de nuit étoilée, une peau de sable, des yeux de rivière, une odeur de montagne. Il sera fièvre et neige, comme notre désir. Il sera oiseau grand ouvert, arbre et herbe, il sera brise et ciel. Il sera sensible, pur, vibrant. J'entre en toi : il sera poisson qui joue, firmament qui chavire, coup de vent, spasme, torrent. Tu me fais basculer, tu montes sur moi : il sera cavalier, cavalière, fée noire et luisante, il sera étau, marécage, fleuve, océan.

Je reprends mon souffle, tu retrouves lentement le tien. Nous sommes de nouveau huilés de plaisir, éberlués et neufs. Tu dis, toute rouge : « Ça, c'est ce que j'appelle mettre toutes les chances de notre côté! » Et puis tu renverses la tête, tes lèvres brillent, tu es fécondée par tellement d'étoiles qu'il y en aura bien une pour lui.

Nous remontons à la chambre. Couché sur notre toit, l'engoulevent bois-pourri fendille le noir pur de la nuit, libérant une petite joie brûlante qui recommence sans cesse. Je glisse ma main jusqu'à ton sexe qui tremble. Je dis : « Mon amour, je ne fabule pas, je ne suis ni maboul ni énigmatique. Je sais bien que nous ne sommes que des lieux ambigus que traverse l'histoire du monde. Je sais aussi que la joie est difficile, la nôtre comme celle de l'engoulevent avec sa passion, son oppression nocturne. C'est qu'on n'a de tranquillité que lorsqu'on court ou quand quelque chose nous emporte. Immobile et rêveur, on fait naufrage, on ne dure pas, on s'abîme. Je le sais, j'ai longtemps stagné, tu le sais aussi. Mais depuis que tu es là, depuis que tu as allumé cet amour qui a si vite pris les devants, je me sais libre, échappé, rapide et pacifié tout à fait. Je n'aurai jamais fini de clamer ta venue, ma guérison, l'espoir. Alors, je sais pour lui aussi. Je sais qu'il connaîtra cette course, la chance d'une fuite en avant, ce commencement fulgurant, cette deuxième naissance. Et alors il prendra son élan, il fera sa vie, il s'envolera. »

Je te dis que je le sens tout près, si près qu'il m'empêchera de dormir. Tu m'écoutes délirer en riant, ta tête ensoleillée sur l'oreiller. Je te parle éperdument, les mots comptent moins que le souffle, le trop-plein qui jaillit. Je te dis : « On achève, en naissant, la forme qui nous a été donnée par le désir du vieux monde arrondi d'éclater, j'en suis sûr. Il faut vivre, après, de ce combat de sable et de rivière, le continuer, ce beau combat qui n'a pas de but, qui se suffit à lui-même. » Je prends dans ma main l'œuf de pluvier que tu as rapporté de ta promenade de l'après-midi. Je te dis : « Regarde le dessin que font les taches brunes sur la coquille de l'œuf. D'un œuf à l'autre, l'étoilement n'est jamais pareil. Tout de suite, là, tu vois, c'est l'immensité bouleversante et sans bornes ! Le mystère des passions n'est pas biblique du tout. On aurait beau, pour exorciser le cœur, bientôt celui de l'enfant, par exemple, on aurait beau l'arracher de ton ventre, le découper, le défaire de ses liens de nerfs et de gras et l'examiner au microscope, on ne découvrirait pas les mille tendresses dans lesquelles il faudrait se plier, comme un petit serpent de lumière, pour comprendre et savoir ce que représente la somme de ses battements pareils, réguliers. Si tu veux connaître, bénir et pardonner, chante, ne te creuse pas la cervelle, chante! » Tu dis : « Viens dormir, Khalil Gibran! » Mais je continue et tu ris de plus belle. Seules comptent la curiosité satisfaite et la curiosité déçue. La terrible saveur du monde, c'est parfois un supplice aussi gros qu'un chemin de croix. Mon amour, l'enfant chante sa passion au milieu de toi, je l'entends! Tu ris et je te serre si fort que j'entends ton cœur dans ma poitrine. Tu dis : « Va travailler, ça vaudra mieux. » Et tu ris toujours. Je te dis : « Tu as raison. J'ai bientôt fini, mon amour, bientôt fini. »

En chien de fusil sur le siège arrière de la Buick, mon oncle Samuel cuve son whisky d'alambic. C'est la fin d'une dévoration et son cœur lui revient, intact, désordonné, si triste. Surgit alors à nouveau, avec les arbres familiers le long du chemin et le ciel qu'il reconnaît vaguement au-dessus de lui, un vieux rêve bafoué et criant misère. Un mal de cœur le saisit par à-coups, au rythme des bosses et des cahots. Ce voyage à l'envers, il me le racontera souvent, mon oncle. Faisant bouger ses joues violettes dans ce drôle de mouvement de tête qu'il aura en disant : « Si j'étais parti, mon petit gars, j'aurais peut-être vu New York ou même la Californie, qui sait, alors que ce village c'est le commencement et la fin du monde empêtrés, immobiles... » De tous les départs imaginables, de tous les tours du monde possibles, le voyage mythique restera toujours son salut manqué. L'arrivée des mariés qui l'ont rattrapé, cette façon qu'a eu le destin de contrer sa liberté dérisoire furent et resteront les signes amers qu'il existe bel et bien un méchant génie, dieu ou diable, pour faire dériver les réflexes génétiques insondables du vagabond, du pauvre fou hanté par les grands chemins. Il cuvera son whisky de noces toute sa vie, le vieil oncle. Car il vieillira vite, du fiel sous la langue et du sang, éclairci de beaucoup de whisky encore, dans le blanc des yeux. L'amour, la dévotion et les orages de Malvina ne le sortiront pas de son désarroi de grand voyageur arrêté dans sa course ivre. J'aurai droit, grâce à son amertume volubile, à des récits dont la géographie exacte, étudiée, me situera les pays les plus beaux à l'orée du village ou au bout du lac, en tout cas si près et si fabuleux, tous ces sites enchanteurs, exotiques, que je ne m'expliquerai pas, pendant longtemps, la stupeur qui me saisira, sur ma bicyclette, quand avancera vers moi la forêt toujours pareille, sans minarets, ni palmiers, ni caravanes d'or fondant presque sous le soleil furibond, si loin que j'aille sur la route qui fuit le village. Tous ces pays existeront pourtant, tels quels, mais si loin que je ne les verrai pas tous, il me faudrait trois vies pour en faire le tour. Cette splendeur si proche et hors d'atteinte, que me dira mon oncle Samuel, me fera cependant l'âme voyageuse mais immobile, à moi aussi. J'ouvrirai souvent, seul et déjà parti, les numéros successifs du *National Geographic Magazine* de mon oncle et, l'ombre de Sam aux talons, j'entrerai en Orient brûlant ou en Arctique figé, dans une Amazonie de beaux reptiles terrifiants, ou bien encore au cœur de l'Afrique où m'attendront des êtres décorés de partout avec, derrière eux, leurs bêtes à cornes, si belles qu'en touchant le papier, pourtant glacé, il me viendra une peur délicieuse comme si je touchais leur pelage soyeux et frissonnant. Chameaux et vautours, grandes et petites mers salées, végétations de couleur, nègres et négresses à tête frisée et fière, rizières où l'on voit, penchés, fervents, des Chinois ou des Indonésiens attelés au plus bel ouvrage du monde, voiliers de haute mer et vergers de l'Ohio : le monde de papier visité et revisité enchantera mes hivers, dans le grenier de la grande maison blanche. C'est à l'oncle Sam que je devrai mes premiers, mes seuls voyages immobiles.

Il se réveille, Sam. Se frotte les yeux d'une main et l'estomac de l'autre. La Buick monte la petite côte. En apercevant la maison blanche et Vina, debout sur la dernière marche de la véranda, Sam bredouille : « Je rêve, hein? C'est sûr que je rêve! »

Ma tante a levé le petit fanal au bout de son bras. La Buick s'arrête au pied du grand escalier. Gertrude grimpe quatre à quatre et la voilà qui serre Vina à l'étouffer.

– Je pensais que vous arriveriez jamais!

– J'te dis, ma cousine, c'est pas un voyage de noces ordinaire!

– Ta robe, mon Dieu, toute tachée! D'où arrivez-vous, pour l'amour?

– Attends, attends!

Maurice est resté au bas de l'escalier, solennel, il époussette son costume, il attend. Les deux femmes descendent en se tenant par la main.

– Vina, c'est lui!

– Ah, c'est donc vous!

– C'est moi!

Mon père sourit en soulevant son chapeau. Ma mère et ma tante rient en se tenant par la taille. Vina embrasse Maurice comme si elle le retrouvait après une guerre ou une longue maladie. C'est par-dessus l'épaule de mon père qu'elle aperçoit Sam, dans l'auto.

– Qu'est-ce que tu fais là, toi?

– Moi? J'suis pas là. Faut pas croire que j'suis là, Vina. Je rêve pis toi aussi.

Gertrude saisit le petit fanal, elle en débarrasse Vina mais ma tante ne bouge pas.

– Ben, embrassez-vous Seigneur!

Ils ne remuent pas, ni l'un ni l'autre. Ils se regardent comme s'ils n'étaient pas là, justement. Au bout de longtemps, Sam se décide à venir prendre la main de ma tante qu'il serre contre son cou comme un petit animal peureux.

– Je resterai pas, Vina. Y m'ont ramené de force.

– Dis donc pas de bêtises. Viens!

176

Ils entrent tous les quatre dans la maison blanche. Le fanal est resté dehors, tout en haut des marches. Il éclaire la nuit, la Buick, les valises en bas de l'escalier.

On entend des rires et puis la voix de Gertrude émerge. Elle raconte le voyage, l'aventure, sa délivrance.

Il fait grand vent. Tu as mis une grosse bûche dans le feu. Tu me regardes, tu sais que j'hésite. Est-il temps de l'écrire, maintenant que notre nuit s'est faite semblable à la leur, leur nuit de noces? Est-il temps de parler de leur mort? Tu dis : « Oui, cette nuit, tout de suite, il le faut. » Il fait grand vent et le vieux désespoir bat des ailes, fantasque, épuisé. Gertrude et Maurice ne sont pas partis comme tant d'autres, des suites d'une longue maladie ou d'un accident de la route. Ils se sont suicidés. J'avais quinze ans. J'ai tenu le deuil plus de vingt ans. Leur mort explique tout, selon les psychiatres : mes errances, mon mutisme. L'un d'eux a même dit : « Si la terreur reste secrète, il peut devenir fou. » Qu'est-ce qu'ils savaient, ces passionnés d'épouvante? Le vent hurle dans la cheminée. Je ne veux pas de cette crise qui monte, qui gronde comme ce vent, dehors. Leur double disparition, au large, dans la chaloupe de Maurice. Ce n'est pas si simple. J'ai fui durant plus de vingt ans la grève, le village, la légende. Je les avais perdus pour toujours, tous les deux. Je suis sûr que les psychiatres expliqueraient très bien le livre. Lui aussi, le livre, il serait la preuve de cette folie enfouie, grondante. Je les entends : « Ce goût violent de tout embellir, de rendre la vie ensorcelante, c'est la maladie qui veut s'ignorer, c'est dangereux!» Refoulée, bannie, la terreur se serait transformée en enchanteresse? Les mots viendraient pour refuser le mal, cette douleur impossible? Ils m'ont fait peur longtemps avec leurs discours presque sensés. Et puis j'ai douté, tu es venue, je suis revenu ici. Notre légende n'était pas prévue, elle change tout. Mon amour, ne reste pas sur le lit. Viens près de moi. Écoute : ils montent dans la chaloupe. Sans rien dire, grave, tranquille, Maurice prend le petit vaisseau de métal, vide le trop-plein d'eau de pluie. Gertrude s'assoit sur la pince arrière, pâle, souveraine dans sa décision noire. Pourquoi? Si longues ont été mes nuits de curieux, mes nuits malsaines. Pourquoi? Sa lettre disait : « Parce que ton père est malade, très gravement malade. Je ne pourrais pas continuer sans lui, mon garçon. Je lui ai dit que le docteur avait vu le mal, l'avait condamné. Il a décidé de mourir et moi avec lui. Je veux le suivre, tu comprends, le suivre... » Était-ce assez effrayant? Assez sans cérémonie? Leur départ en chaloupe dans la nuit, leur navigation silencieuse jusqu'au chenal de l'île de la Barque. Longtemps, j'ai été derrière eux, dans le sillon de la chaloupe, accroché à une rame, essoufflé, inutile. Le paysage a sombré. Ce fut la fin des étés fous, de la tiédeur heureuse des automnes, la fin des hivers étincelants. La baie de l'enfance, son immortalité : finies. Ce fut trop vite la honte et les combats, l'intelligence, la survivance amère, l'oubli forcé, le mensonge, l'alcool, la fuite. Mon amour, allume la lampe, tiens-toi droite au milieu du monde, regarde-moi éclairer follement le labyrinthe. Leur mort dans l'eau noire, leur mort d'amour.

La mienne, tout de suite après, sur la grève, puis dans les cauchemars, ma mort d'épouvante. Plus de vingt ans à ruminer ces deux morts en faisant semblant de travailler, de conquérir, de boire, de tenter une chance pourrie. Puis tu es venue. Ils sont revenus avec toi. Dénoyés, flottant sur le lac, à rebours ils ont suivi le sillon de la chaloupe, marché sur l'eau, ils ont accosté au quai, sont entrés en marchant tranquillement, appuyés l'un à l'autre, dans la grande maison blanche. Inchangés, vivants. Fausse noyade, mort jouée pour faire peur, disparition de rêve d'enfant, absurde terreur de petit garçon imaginatif. Il va pleuvoir, ça sent fort le sable. Les feuilles montrent leur côté pâle, elles sont renversées, affolées. Je t'aime. L'enfant, ce sera eux encore, eux recommencés. Je n'aurai pas cette crise. Je n'ai plus de crises maintenant. Je n'ai plus que des lueurs, parfois, des coups, des oppressions semblables à ceux que tu connaîtras bientôt à cause de lui. Regarde, le ciel bouge, le ciel tourne, l'orage va tomber. Ton feu est superbe. Je n'ai plus envie que du silence de la chambre retrouvée, leur silence, le nôtre. Il ne s'agit pas d'oubli, de pardon ni même de résurrection. C'est de nous deux, de nous trois qu'il s'agit et du bel orage qui approche. Tu viens près de moi, tout près. Tu m'embrasses dans le cou, tu dis : « Nous n'en avons pas vraiment parlé. Nous n'en parlerons plus jamais. » Tu me prends la main. Nous allons près du feu. Oui, plus rien que, parfois, des lueurs, des secousses, des coups comme ceux que tu connaîtras bientôt à cause de lui. Tu me déshabilles. Tu es très forte, très douce, brune et rouge, tu recommences tout si simplement. C'est fini maintenant. L'enfant est commencé, le monde est de nouveau le monde, le nouveau monde. L'été s'est allumé sur ton corps, sur le mien. C'est fini maintenant. Il fallait simplement le dire, l'écrire. C'est fini.

C'est comme la mer, comme dans la mer que je ne verrai que beaucoup plus tard. Je suis une petite algue transportée par la vague. Dans sa respiration immense, une petite tache qui danse. Un jour, dans vingt ans, je plongerai et je reconnaîtrai tout de suite les coraux brillants, les chevelures hérissées de soleil mouillé, le vieux fond de sable jonché de coquillages ouvragés comme des bijoux, les stries turquoises nageant entre deux montagnes mouvantes de bleu sombre et aussi les beaux abîmes mauves où scintille, de temps en temps, un diamant : flanc doré de barracuda ou phosphorescence de nacre argentée. Je ne serai pas du tout surpris que le sel brûle mes yeux. Ils sont fermés, mes yeux de limbes, mes yeux de presque né. Aveugle, je vois par le sang, je vois par la peau diaphane de mon monde, je vois comme je verrai sous l'eau, avec mes yeux salés. Soudain, inondé d'une écume que je reconnais, elle aussi, mais qui me brûle, je me love au creux d'un muscle qui bouge, je me rue sur son cœur à elle, je reflue tout de suite, à moitié étranglé. Roulé en boule, enveloppé de cette pluie blanche qui tremble sur moi, qui me communique ses secousses, je me laisse douloureusement faire. Une marée cogne, se répand sur moi, je flotte, perdu. Puis un feu nouveau, sauvage, me cuit jusqu'au noyau :

petit fruit qui bout, je tressaille, voluptueusement foudroyé. Plus tard encore, un avion dans le ciel au-dessus de moi, franchira la barrière du son. Recroquevillé dans l'herbe, sur la grève, j'aurai reconnu le bruit de mon père, sa fulgurance qui brise l'ancien monde, son fracas qui me délivre. Si j'avais déjà une bouche, mon premier cri déchirerait tout de suite l'enveloppe, libérerait mon eau souillée de ce fluide blanc qui me transperce, qui me tue, qui vient tout changer trop brusquement. Je suis revenu dans la vague maintenant, elle me contient, elle fait de moi ce qu'elle veut, elle me noiera si je ne me mets pas à frémir, moi aussi, à me tordre, à prendre la place, à éclater dans l'eau en tempête. Mais je ne peux pas. Je suis un petit têtard pétrifié, bouleversé de spasmes mais immobile. Soudain, sans coup ni bond, me voilà sur une grève, boursouflé comme une méduse que la dernière vague a jetée sur le sable et je respire par toute ma peau, je suis gonflé de ce nouveau sang double. Je suis seul. Enfin, je suis seul. Je suis terriblement seul. Seul mais changé, nouveau, plus gros, plus grand. A partir de l'eau trouble, au centre de moi, jaillit quelque chose. Une fragile branche de corail qui respire pour moi, qui boit le sang pour moi, qui tige à vue d'œil. Un soir, beaucoup plus tard, je verrai s'ouvrir, au ralenti, une fleur sur le grand écran : ce sera elle, la toute première poussée à partir de moi, lente et pourtant véloce, le commencement de la naissance. La vague, la fulgurance et le fracas diminuent, la marée baisse pendant que je flotte, que je roule dans l'écume, sur la grève, léger, seul, abandonné, vivant.

Gertrude dit : « Reste encore, mon amour. » Alors il lui redonne son grand poids doux, il s'abandonne sur ses seins, sur son ventre mouillé de leurs sueurs, il souffle fort, comme la vague, contre son oreille. Il est resté en elle et ma mère remue son piège autour de lui. Elle bouge comme je bouge, moi, sur la grève, balancés tous les deux par la même houle. La nuit palpite doucement au-dessus de nous. Les étoiles sont à nous trois, la brise est à nous trois. Tout m'attend maintenant. Je vais grandir, pousser, venir rejoindre les autres, durer mon temps, remplir mon espace, compter.

Mon ami le chien du garagiste hurle à la lune, quelque part au bord du lac, du côté de la dame du séminaire. Maurice dit : « Entends-tu ce chien hurler? » Et ma mère lui répond : « J'en aurais fait tout autant si j'étais pas si bien élevée! » Et ils rient tous les deux; nouvelles secousses de la vague sur la grève où je me repose et où, bientôt, mon ami le chien du garagiste me rejoindra, lui aussi. Imagine comme je saurai l'accueillir : je connais enfin la douleur et le plaisir, moi aussi, la vie.

Voilà deux jours que le sang attendu ne vient pas. Ça y est : au centre de ton monde, il est là. Une petite tache qui danse dans ta respiration immense.

Tu te lèves et, devant la fenêtre blanche de soleil, tu touches ton ventre. Aveugle, il voit par ta peau, par ton sang, il nous voit. Comme un plongeur qui a touché le fond avec sa tête, ébloui, presque suffoqué, secoué d'un long frisson de triomphe qui m'intimide beaucoup, je te rejoins dans la clarté et je me tais. Maintenant, c'est lui qui compte.

Table

MISE EN PAGES ET TYPOGRAPHIE :
LES ÉDITIONS DU BORÉAL

ACHEVÉ D'IMPRIMER EN JANVIER 1998
SUR LES PRESSES DE L'IMPRIMERIE L'ÉCLAIREUR,
À BEAUCEVILLE (QUÉBEC).